TIEMPO NUBLADO

OCTAVIO PAZ

TIEMPO NUBLADO

Seix Barral ⋏ **Biblioteca Breve**

Cubierta: «Felipe IV, cazador»,
lienzo de Velázquez (detalle)

Segunda edición en Biblioteca Breve:
septiembre 1998

© 1983: Octavio Paz

Derechos exclusivos de edición en castellano
reservados para todo el mundo:
© 1983 y 1998: Editorial Seix Barral, S. A.
Córcega, 270 - 08008 Barcelona

ISBN: 84-322-0758-6

Depósito legal: B. 34.336 - 1998

Impreso en España

ADVERTENCIA

No sin vacilaciones me decido a recoger en este libro la serie de artículos sobre el pasado reciente: Tiempo nublado, que publiqué en algunos diarios de España, Brasil e Hispanoamérica durante los primeros meses de 1980. He eliminado muchas páginas, unas por demasiado circunstanciales y otras porque los acontecimientos las dejaron sin razón de ser. Asimismo, he modificado, rectificado y, a veces, ampliado ciertos pasajes. A pesar de todos esos cambios, no se me ocultan las imperfecciones y limitaciones de este trabajo. No soy historiador. Mi pasión es la poesía y mi ocupación la literatura; ni la una ni la otra me dan autoridad para opinar sobre las convulsiones y agitaciones de nuestra época. Por supuesto, no soy indiferente a lo que pasa —¿quién puede serlo?— y he escrito artículos y ensayos acerca de la actualidad, aunque siempre desde un punto de vista que no sé si llamar excéntrico o simplemente marginal. En todo caso, nunca desde las certidumbres de una ideología con pretensiones enciclopédicas como el marxismo o desde las verdades inmutables de religiones como la cristiana y la islámica. Tampoco desde el centro, real o supuesto, de la historia: Nueva York, Moscú o Pequín. No sé si estos comentarios contienen interpretaciones válidas o hipótesis razonables; sé que expresan las reacciones y los sentimientos de un escritor independiente de América Latina ante el mundo moderno. Si no es una teoría es un testimonio

A la manera de los antiguos mayas, que tenían dos maneras de medir el tiempo, la «cuenta corta» y la «cuenta larga», los historiadores franceses han introducido la distinción entre la «duración larga» y la «corta» en los procesos históricos. La primera designa a los grandes ritmos que, a través de modificaciones al principio imperceptibles, alteran las viejas estructuras, crean otras y así llevan a cabo las lentas pero irreversibles transformaciones sociales. Ejemplos: los ascensos y descensos de la población, todavía no explicados enteramente; la evolución de las ciencias y las técnicas; el hallazgo de nuevos recursos naturales o su gradual agotamiento; la erosión de las instituciones sociales; las transformaciones de las mentalidades y los sentimientos... La «duración corta» es el dominio por excelencia del acontecimiento: imperios que se derrumban, Estados que nacen, revoluciones, guerras, presidentes que renuncian, dictadores asesinados, profetas crucificados, santones que crucifican, etcétera. Se compara con frecuencia a la historia con un tejido, labor de muchas manos que, sin concertarse y sin saber exactamente lo que hacen, mezclan hilos de todos los colores hasta que aparece sobre la tela una sucesión de figuras a un tiempo familiares y enigmáticas. Desde el punto de vista de la «duración corta», las figuras no se repiten: la historia es creación incesante, novedad, el reino de lo único y singular. Desde la «duración larga» se perciben repeticiones, rupturas, recomienzos: ritmos. Las dos visiones son verdaderas.

La mayoría de los cambios que hemos experimentado, pertenecen, claro está, a la «duración corta» pero los más significativos están en relación directa o indirecta con la «duración larga». En los últimos diez años los ritmos históricos, a la obra desde hace más de dos siglos, se han hecho al fin visibles. Casi todos son aterradores: el crecimiento de la población en los países subdesarrollados; la disminución de las fuentes de energía; la contaminación de la atmósfera, los mares y los ríos; las enfermedades crónicas de la economía mundial, que pasa de la inflación a la depresión de una manera cíclica; la expansión y la multiplicación de las ortodoxias ideológicas, cada una con pretensiones de universalidad; en fin, la llaga de nuestras sociedades: el terror del Estado y su contrapartida, el de las bandas de fanáticos. La «duración larga» nos da la sensación de que estamos ante un paisaje histórico, quiero decir, ante una historia que ostenta la inmovilidad de la naturaleza. Impresión engañosa: la naturaleza también se mueve y también cambia. Los cambios de la «duración corta» se inscriben sobre ese fondo en apariencia inmóvil como los fenómenos que alteran la fisonomía de un paraje: el paso de la luz y el de la obscuridad, el mediodía y el crepúsculo, la lluvia y la tormenta, el viento que empuja las nubes y levanta tolvaneras.

He dividido en dos partes este ensayo. La primera contiene cinco capítulos: los cambios de la opinión y del ánimo de las naciones del Viejo Mundo; la crisis de la democracia imperial de los Estados Unidos y su contrapartida, la del sistema de dominación burocrática de Rusia; la revuelta de los particularismos, sobre todo en los países de la periferia; la modernización, sus peligros y sus dificultades. En esta primera parte reduje al mínimo las alusiones a la situación de la América Latina —salvo en el capítulo final— porque me ocupo de ese tema, con alguna amplitud, en la segunda parte de este libro.

PRIMERA PARTE

TIEMPO NUBLADO

I

VISTAZO AL VIEJO MUNDO

DE LA CRÍTICA AL TERRORISMO

Hacia 1960 comenzaron unos trastornos públicos que hicieron temblar a Occidente. Contra las predicciones del marxismo, ni la crisis fue económica ni su protagonista central fue el proletariado. Fue una crisis política y, más que política, moral y espiritual; los actores no fueron los obreros sino un grupo privilegiado: los estudiantes. En los Estados Unidos la rebelión juvenil contribuyó decisivamente al descrédito de la política norteamericana en Indochina; en Europa Occidental quebrantó, ya que no el poder de los gobiernos y las instituciones, sí su credibilidad y su prestigio. El movimiento de los jóvenes no fue una revolución, en la recta acepción de la palabra, aunque se haya apropiado del lenguaje revolucionario. Tampoco fue una revuelta sino una rebelión, en el sentido que he dado al término en otros escritos.[1] Fue la rebelión de un segmento de la clase media y fue una verdadera «revolución cultural», en el sentido en que *no* lo fue la de China. La extraordinaria libertad de costumbres de Occidente, sobre todo en materia erótica, es una de las consecuencias de la insurgencia moral de los jóvenes en los sesenta. Otra ha sido el progresivo desgaste de la noción de autoridad, sea la gubernamental o la paternal. Las generaciones anteriores habían conocido el culto al padre terrible, adorado y

1. Cf. *Corriente Alterna*, 1967, y el capítulo «Inicuas Simetrías», en *Hombres en su siglo*, Seix Barral, Barcelona, 1984.

temido: Stalin, Hitler, Churchill, De Gaulle. En la década de los 60 una figura ambigua, alternativamente colérica y orgiástica, los Hijos, desplazó a la del Padre saturnino. Pasamos de la glorificación del viejo solitario a la exaltación de la tribu juvenil.

A pesar de que los desórdenes universitarios estremecieron a Occidente, ni la Unión Soviética ni los partidos comunistas los utilizaron o lograron canalizarlos. Al contrario: los denunciaron como movimientos pequeño-burgueses, anárquicos, decadentes y manejados por agentes provocadores de la derecha. Es comprensible la hostilidad de la jerarquía soviética: la rebelión juvenil, tanto como una explosión contra la sociedad de consumo capitalista, fue un movimiento libertario y una crítica pasional y total del Estado y la autoridad.

La década siguiente fue la de la aparición y el reconocimiento, en Occidente, de los disidentes rusos y de los otros países «socialistas». Se trata de un hecho que ha marcado la conciencia intelectual contemporánea y cuyas consecuencias morales y políticas se dejarán sentir más y más no sólo en Europa sino en América Latina. Por primera vez los disidentes del Imperio ruso lograron ser oídos por los intelectuales europeos; hasta hace unos pocos años, apenas unos cuantos grupos marginales —anarquistas, surrealistas, antiguos marxistas y militantes comunistas que habían colgado los hábitos— se habían atrevido a describir al socialismo burocrático como lo que es realmente: un nuevo, más total y despiadado sistema de explotación y represión. Hoy nadie se atreve a defender como antes al «socialismo real», ni siquiera los miembros de esa especie que llamamos «intelectuales progresistas». Ante las revelaciones de los disidentes, las críticas de Gide en 1936 y las más penetrantes de Camus en 1951 resultan tímidas, insuficientes los análisis de Trotsky y pálidas las descripciones del mismo Souvarine, aunque este último haya sido el primero en comprender, hace ya cuarenta años, el verdadero carácter del régimen ruso.

Un contraste notable pero sobre el que, hasta donde sé, nadie ha reflexionado: durante la década de los 70 no se manifestó en Occidente un movimiento de autocrítica moral y política comparable a la de los disidentes de los países «socialistas». Esto es extraño pues desde el siglo XVI la crítica ha acompañado a los europeos en todas sus empresas y aventuras, a veces como confesión y otras como remordimiento. La historia moderna de Occidente comienza con la expansión de España y Portugal en África, Asia y América; al mismo tiempo, brotan las denuncias de los horrores de la conquista y se escriben descripciones, no pocas veces maravilladas, de las sociedades indígenas. Por un lado, Pizarro; por el otro Las Casas y Sahagún. A veces el conquistador también es, a su manera, etnólogo: Cortés. Los remordimientos de Occidente se llaman *antropología*, una ciencia que, como lo recuerda Lévi-Strauss, nació al mismo tiempo que el imperialismo europeo y que lo ha sobrevivido.

En la primera mitad del siglo XX la crítica de Occidente fue la obra de sus poetas, sus novelistas y sus filósofos. Fue una crítica singularmente violenta y lúcida. La rebelión juvenil de los 60 recogió esos temas y los vivió como una apasionada protesta. El movimiento de los jóvenes, admirable por más de un concepto, osciló entre la religión y la revolución, el erotismo y la utopía. De pronto, con la misma rapidez con que había aparecido, se disipó. La rebelión juvenil surgió cuando nadie la esperaba y desapareció de la misma manera. Fue un fenómeno que nuestros sociólogos aún no han sido capaces de explicar. Negación apasionada de los valores imperantes en Occidente, la revolución cultural de los 60 fue hija de la crítica pero, en un sentido estricto, no fue un movimiento crítico. Quiero decir: en las protestas, declaraciones y manifiestos de los rebeldes no aparecieron ideas y conceptos que no se encontrasen ya en los filósofos y los poetas de las generaciones inmediatamente anteriores. La novedad de la rebelión no fue intelectual sino moral; los jóvenes no descubrieron otras ideas: vivieron con pasión las que habían heredado. En los 70 la rebelión se apagó y la crítica enmudeció. La excepción fue el feminismo. Pero este movimiento comenzó mucho antes y se prolongará todavía varias décadas. Es un proceso que pertenece al dominio de la «cuenta larga». Aunque su ímpetu ha decrecido en los últimos años, se trata de un fenómeno que está destinado a perdurar y cambiar la historia.

Los herederos de los rebeldes juveniles han sido las bandas terroristas. Occidente dejó de tener críticos y disidentes; las minorías opositoras pasaron a la acción clandestina. Inversión del bolchevismo: incapaces de apoderarse del Estado y establecer el terror ideológico, los activistas se han instalado en la ideología del terror. Un portento de los tiempos: a medida que los grupos terroristas se vuelven más intransigentes y audaces, los gobiernos de Occidente se muestran más indecisos y vacilantes. ¿Los gobiernos no pueden oponer al fanatismo de los terroristas sino su escepticismo? La más franca justificación de la necesidad del Estado la dio Hobbes: «puesto que la condición humana es la de la guerra de todos contra todos», los hombres no tienen más remedio que ceder parte de su libertad a una autoridad soberana que sea capaz de asegurar la paz y la tranquilidad de todos y de cada uno. Sin embargo, el mismo Hobbes admitía que «la condición de súbdito es miserable». Gran contradicción: la erosión de la autoridad gubernamental en los países de Occidente debería regocijar a los amantes de la libertad; el ideal de la democracia puede definirse sucintamente así: un pueblo fuerte y un gobierno débil. Pero la situación nos entristece porque los terroristas parecen empeñados en darle la razón a Hobbes. No sólo sus métodos son reprobables sino que su ideal no es la libertad sino la instauración de un despotismo de sectarios.

Por más nociva que sea la acción de estos grupos, el verdadero mal de las sociedades capitalistas liberales no está en ellos sino en el nihilismo predominante. Es un nihilismo de signo opuesto al de Nietzsche: no estamos ante una negación crítica de los valores establecidos sino ante su disolución en una indiferencia pasiva. Más que de nihilismo habría que hablar de hedonismo. El temple del nihilista es trágico; el del hedonista, resignado. Es un hedonismo muy lejos también del de Epicuro: no se atreve a ver de frente a la muerte, no es una sabiduría sino una dimisión. En uno de sus extremos es una suerte de glotonería, un insaciable pedir más y más; en el otro, es abandono, abdicación, cobardía frente al sufrimiento y la muerte. A pesar del culto al deporte y a la salud, la actitud de las masas occidentales implica una disminución de la tensión vital. Se vive ahora más años pero son años huecos, vacíos. Nuestro hedonismo es un hedonismo para «robots» y espectros. La identificación del cuerpo con un mecanismo, conduce a la mecanización del placer; a su vez, el culto por la imagen —cine, televisión, anuncios— provoca una suerte de «voyeurisme» generalizado que convierte a los cuerpos en sombras. Nuestro materialismo no es carnal: es una abstracción. Nuestra pornografía es visual y mental, exacerba la soledad y colinda, en uno de sus extremos, con la masturbación y, en el otro, con el sadomasoquismo. Lucubraciones a un tiempo sangrientas y fantasmales.

El espectáculo del Occidente contemporáneo habría fascinado, aunque por razones distintas, a Maquiavelo y a Diógenes. Los norteamericanos, los europeos y los japoneses lograron vencer la crisis de la postguerra y han creado una sociedad que es la más rica y próspera de la historia humana. Nunca tantos habían tenido tanto. Otro gran logro: la tolerancia. Una tolerancia que no sólo se ejerce frente a las ideas y las opiniones sino ante las costumbres y las inclinaciones. Sólo que a estas ganancias materiales y políticas no han correspondido una sabiduría más alta ni una cultura más profunda. El panorama espiritual de Occidente es desolador: chabacanería, frivolidad, renacimiento de las supersticiones, degradación del erotismo, el placer al servicio del comercio y la libertad convertida en la alcahueta de los medios de comunicación. Pero el terrorismo no es una crítica de esta situación: es uno de sus síntomas. A la actividad sonámbula de la sociedad, girando maquinalmente en torno a la producción incesante de objeto y cosas, el terrorismo opone un frenesí no menos sonámbulo aunque más destructivo.

Es lo contrario de una casualidad que el terrorismo haya prosperado sobre todo en Alemania, Italia y España. En los tres países el proceso histórico de la sociedad moderna —el tránsito del Estado absolutista al democrático— fue interrumpido más de una vez por regímenes despóticos. En los tres la democracia es una institución reciente. El Estado Nacional —necesario complemento de la evolución de las sociedades occidentales hacia la democracia— ha sido una realidad tardía en Alemania e Italia. El caso de España ha sido exactamente el contrario pero los resultados han sido semejantes: los distintos pueblos que coexisten en la península ibérica fueron encerrados desde el siglo XVI en la camisa de fuerza de un Estado centralista y autoritario. Esto no quiere decir, por supuesto, que los alemanes, los italianos y los españoles estén condenados, por una suerte de falta histórica, al terrorismo. A medida que la democracia y el federalismo se afirmen (y con ellos el Estado Nacional) el terrorismo tenderá a declinar. En realidad, ha desaparecido ya de Alemania. No es aventurado suponer que en España también va a decrecer. No será la represión gubernamental sino el establecimiento de las libertades y autonomías locales y regionales lo que acabará con el terrorismo vasco. La ETA está condenada a extinguirse, no de golpe sino a través de un paulatino pero inexorable aislamiento. Como ha dejado de representar una aspiración popular, la soledad la llevará a la peor de las violencias: el suicidio político. El proceso será lento pero irremediable.

Las actividades de los terroristas italianos han sido, más que nada, la consecuencia de la crisis del Estado, resultado a su vez de la doble parálisis de los dos grandes partidos, la democracia cristiana y los comunistas. El gobierno gira sobre sí mismo sin avanzar porque el partido en el poder, la democracia cristiana, no tiene ya más proyecto que mantener el *status quo*. No gobierna o, más bien, ha reducido el arte de gobernar a un juego de manos: lo que cuenta es la sutileza, la habilidad para el compromiso. Por su parte, el partido comunista no sabe qué camino tomar. Ha renunciado al leninismo pero no se atreve a abrazar plenamente el socialismo democrático. Oscila entre Lenin y Kautsky sin encontrar todavía su rumbo propio. La vida política italiana es agitadísima y, no obstante, en ella nada sucede. Todos se mueven y nadie cambia de sitio. La cólera fría y obtusa de los terroristas y de sus pedantes profesores tampoco es una salida. Por eso han fracasado. Pero el problema de fondo subsiste: Italia sufre la ausencia de un socialismo democrático. Aunque los comunistas italianos —los más flexibles e inteligentes de Europa— se han propuesto llenar ese hueco, no lo han conseguido por razones de genealogía histórica. Su larga asociación con el despotismo burocrático ruso es una suerte de mancha original que no ha podido lavar todavía ningún bautismo democrático.

¿Y el caso de Irlanda del Norte? Se trata, a mi modo de ver, de un fenómeno muy distinto. El terrorismo irlandés nació de la alianza explosiva de dos elementos: un nacionalismo impregnado de religiosidad y la injusta situación de inferioridad a que ha sido sometida la minoría católica. La historia del siglo xx ha confirmado algo que sabían todos los historiadores del pasado y que nuestros ideólogos se han empeñado en ignorar: las pasiones políticas más fuertes, feroces y duraderas son el nacionalismo y la religión. Entre los irlandeses la unión entre religión y nacionalismo es inextricable. A la inversa de los vascos, que no quieren unirse con nadie salvo con ellos mismos, los católicos de Irlanda del Norte se sienten parte de la República de Irlanda. Pero una cosa es el nacionalismo católico irlandés y otra el IRA. Dos circunstancias juegan en contra de esta organización: la primera es que la población católica es la minoritaria; la segunda, que tanto sus métodos como su programa político (un «socialismo» a la moda árabe o africana) le han hecho perder partidarios y amigos lo mismo en la República de Irlanda que en Irlanda del Norte.

El asesinato de Lord Mountbatten fue reprobado por muchos que simpatizaron al principio con los terroristas. A medida que el IRA se radicaliza, se aísla. Ahora bien, el problema no puede ser resuelto por las armas sino por una fórmula que satisfaga, al menos en parte, las aspiraciones de la minoría católica. La situación tiene más de una semejanza con la de los palestinos e israelíes: se trata de satisfacer las aspiraciones contradictorias y excluyentes pero igualmente legítimas de dos comunidades. Por desgracia no hay ningún Salomón a la vista.

LA HERENCIA JACOBINA Y LA DEMOCRACIA

Un fenómeno de simetría inversa: la evolución de los grandes partidos comunistas europeos (Italia, Francia y España) se ha realizado en dirección diametralmente opuesta a la de los terroristas. A medida que los grupos extremistas acentúan la violencia, los comunistas se acercan más y más a los métodos y programas de los tradicionales partidos democráticos. Si el deturpado revisionista Bernstein viviese aún, se frotaría las manos de gusto ante algunas de las declaraciones de Berlinguer y de Carrillo. No han faltado críticos que denuncien la política de los eurocomunistas como una añagaza, una maniobra del género de las del Frente Popular y la «mano tendida» de la época de Stalin. Es innegable que en las posiciones del eurocomunismo hay, como en todos los programas y manifiestos políticos, una buena dosis de táctica oportunista. Sin embargo, hay algo más y de más significación. El eurocomunismo ha sido una tentativa de los dirigentes por responder a los cambios sociales e históricos operados en el continente durante los últimos treinta años. Es un momento de un largo y tortuoso proceso de revisión y crítica que comenzó hace mucho y que aún no termina.

Los orígenes de este proceso están en las disputas y polémicas que sucesivamente desgarraron a la I, a la II y a la III Internacionales. Lo que hoy se discute ya fue discutido, aunque con otro lenguaje y desde otras perspectivas, por Marx y Bakunin, por Martov y Lenin, es decir, por todos los protagonistas del movimiento obrero desde hace más de un siglo. En la época contemporánea el proceso de revisión y crítica fue desencadenado por el Informe de Kruschef. Durante años y años los líderes de los partidos comunistas habían ocultado la realidad soviética: el terror institucional, la servidumbre de los obreros y campesinos, el régimen de privilegios, los campos de concentración y, en fin, todas esas prácticas que los comunistas designan púdicamente como «violaciones a la legalidad socialista». Por un mecanismo moral y psicológico que todavía no ha sido descrito, Thorez, Togliatti, La Pasionaria y los otros no sólo aceptaron la mentira sino que colaboraron activamente a su difusión. Lo más terrible fue que lograron preservar el mito de la Unión Soviética como «patria de los trabajadores» no sólo en el espíritu de los militantes sino en el de millones de simpatizantes. No menos escandaloso fue el espectáculo de la fe inconmovible de innumerables «intelectuales progresistas», ¡precisamente aquellos cuya única profesión de fe debería ser la crítica, el examen y la duda!

Pero después del Informe de Kruschef no fue posible ya tapar el sol con un dedo.

Al principio la crítica fue más bien de orden moral. A la crítica moral sucedió la crítica histórica, política y económica. La tarea de demolición de un edificio de mentiras que ha durado más de medio siglo aún no termina. Como siempre ocurre, fueron los intelectuales —entre ellos muchos comunistas— los que iniciaron el examen crítico. Es claro que sin la acción de los intelectuales de izquierda la evolución de los partidos comunistas europeos hubiera sido imposible. Gracias a ellos no se pueden hoy repetir impunemente las mentiras de hace diez o quince años. (Contrasta esta actitud con la de tantos intelectuales latinoamericanos, que no abren la boca sino para recitar los catecismos redactados en La Habana.) La crítica de los intelectuales europeos fue eficaz —a la inversa de lo que ocurrió antes con las de Serge, Cilinga, Souvarine, Breton, Camus, Silone, Howe y otros— porque, casi al mismo tiempo, el mundo descubrió la existencia de un movimiento de disidencia en la URSS. Este movimiento ofrece la singularidad de no reducirse a una sola corriente: la pluralidad de tendencias y filosofías de la Rusia prebolchevique reaparece entre los disidentes. Lo más significativo es que los marxistas son una minoría dentro del movimiento.

Otra circunstancia que aceleró la evolución de los partidos comunistas europeos fue la ocupación rusa de Checoslovaquia, la invasión de Afganistán y humillación de Polonia. Fueron golpes que, después de la sangrienta intervención en Hungría, difícilmente podía soportar la izquierda europea. El conflicto sino-soviético comprobó que el «internacionalismo proletario» es la máscara de las agresiones nacionalistas; la invasión de Checoslovaquia y la represión en Polonia confirman que los intereses del Estado ruso no coinciden con los intereses de la clase obrera ni con el socialismo. La política exterior rusa ha ofendido a la clase obrera europea y a los intelectuales de izquierda por partida doble: en sus sentimientos socialistas y en sus sentimientos nacionalistas.

Los dirigentes han intentado adecuar la ideología y la táctica a las realidades de la nueva Europa. Los que han ido más lejos son los italianos y los españoles. En el partido francés la herencia estaliniana pesa mucho y el prosovietismo sigue siendo de rigor. ¿Por qué los socialistas franceses, que tienen una experiencia amarga de las *volta-faces* comunistas, han decidido gobernar con su concurso? ¿Persistencia del jacobinismo o maquiavelismo para inmovilizarlos? Si lo primero, es lamentable. Si lo segundo, es una trampa inocente que sólo atrapará a los socialistas. Si las circunstancias lo requieren, Marchais y su partido no vacilarán en romper la alianza como otras veces. Los comunistas ven con saña a las tendencias ideológicas afines: socialistas de todos los matices, anarquistas, laboristas. No sólo los han atacado siempre, sino que, cuando han podido, los han perseguido y exterminado. Esta característica, y la propensión a dividirse y subdividirse en sectas y fracciones, son una prueba de que el comunismo no es realmente un partido político sino una orden religiosa animada por una ortodoxia exclusivista. Para los comunistas los otros no existen sino como sujetos que hay que convertir o eliminar. Para ellos la alianza significa anexión y aquel que conserve su independencia se convierte en hereje y enemigo. Cierto, los comunistas italianos hablan de «compromiso histórico», un término que implica la alianza no sólo con los otros partidos obreros sino con la clase media y la burguesía liberal misma. Es lícito, de todos modos, preguntarse si la política de los comunistas italianos sería la misma si en Italia existiese un partido socialista fuerte como el francés o el español.

La reforma más espectacular ha sido la renuncia al dogma de la dictadura del proletariado. Sobre esto, es útil distinguir entre dictadura del proletariado y dictadura del partido comunista. Marx afirmó lo primero, no lo segundo. Según la concepción original de Marx y Engels, durante el período de transición hacia el socialismo el poder estaría en manos de los distintos partidos obreros revolucionarios. Pero en los países «socialistas» la minoría comunista, en nombre del proletariado, ejerce una dictadura total sobre todas las clases y grupos sociales, incluido el proletariado mismo. La renuncia a la noción de «dictadura del proletariado» ha sido un signo, otro más, de que al fin la izquierda europea, sin excluir a los comunistas, comienza a recuperar su *otra tradición*. No la que viene de la «voluntad general» de Rousseau, máscara de la tiranía y origen intelectual del jacobinismo y el marxismo-leninismo, sino la libertaria, pluralista y democrática, fundada en el respeto a las minorías.

A pesar de la importancia de los cambios operados en los partidos comunistas de Italia y España, su evolución ha sido incompleta. Los partidos comunistas europeos —señaladamente el de Francia— siguen siendo grupos cerrados, a un tiempo órdenes religiosas y militares. La verdad es que, si se quiere volver a la verdadera tradición socialista, hay que satisfacer antes una doble exigencia moral y política. La primera es romper con el mito de una URSS socialista; la segunda, establecer la democracia interna en los partidos comunistas. Esto último significa revisar la tradición leninista en su raíz misma. Si los partidos comunistas quieren dejar de ser órdenes religiosas y militares para convertirse en auténticos partidos políticos, deben comenzar por practicar la democracia en casa y denunciar a los tiranos ahí donde los haya, sea en Chile o en Viet-Nam, en Cuba o en Irán.

Mi crítica a los partidos comunistas europeos no debe verse como una tentativa para exculpar a los otros partidos. Todos ellos están más interesados en llegar al

23

poder o en conservarlo que en preparar el futuro. Ninguna idea de cambio los anima ni representan nada nuevo en la historia de este siglo. Su idea del movimiento es el vaivén de los bandos, el quítate tú para ponerme yo. No ignoro que los dirigentes de las democracias liberales han sido hábiles y eficaces; tampoco que han resuelto de manera civilizada muchos problemas y conflictos. Sus países cuentan con grandes recursos materiales, técnicos e intelectuales; han resistido a la vieja tentación imperial y han hecho un uso prudente de esas capacidades. Pero tampoco han sabido o querido utilizar sus riquezas y su saber técnico en beneficio de los países pobres y con escaso desarrollo económico. Esto ha sido funesto pues esos países, lo mismo en Asia y África que en América, han sido y serán focos de disturbios y conflictos. Pero si no han sido generosamente previsores, los políticos de Occidente tampoco han caído en la desmesura. Ninguno de ellos ha sido un déspota sanguinario y todos han procurado respetar no sólo a la mayoría sino a las minorías. Sus grandes errores y delitos han sido más bien escándalos sexuales o financieros. Han ejercido el poder —o los riesgos de la oposición— con moderación y relativa inteligencia.

Este cuadro sería incompleto si no se agregase que su política ha sido la de la facilidad y la complacencia. Idólatras del *statu quo* y especialistas en la componenda y la transacción, han mostrado idéntica blandura ante el increíble egoísmo de las masas y las élites de sus países que ante las amenazas y chantajes de los extraños. Su visión de la historia es la del comercio y por esto han visto en el Islam no un mundo que despierta sino un cliente con el que hay que regatear. Su política con Rusia —pienso no sólo en los socialdemócratas como Brandt y Schmidt sino en los conservadores como Giscard— ha sido y es un gigantesco autoengaño. Lo esencial ha sido salir del paso, asegurar otro año de digestión pacífica y ganar las próximas elecciones. Hay una desproporción que no sé si llamar cómica o trágica entre esta cordura municipal y las decisiones que exige el presente. Sin embargo, no sería honrado ignorar los grandes beneficios que han logrado los trabajadores y la clase media en los últimos cuarenta años. Esas ganancias se deben, sobre todo, a los sindicatos obreros y, asimismo, a la acción de los social-demócratas y los laboristas. A estas causas hay que agregar, como condición económica básica, la extraordinaria capacidad productiva de las modernas sociedades industriales y, como condición social y política no menos básica, la democracia que ha hecho posible la lucha y la negociación entre capitalistas y trabajadores y entre ambos y los gobiernos. Capacidad productiva, libertad sindical, derecho de huelga, poder para negociar: esto es lo que ha hecho viables y prósperas a las democracias de Occidente.

¿Por cuánto tiempo todavía los gobiernos de Occidente serán capaces de asegurar a los pueblos ese bienestar que, si no la felicidad ni la sabiduría, ha sido y es una suerte de placidez hecha de trabajo y consumo? A medida que la crisis económica se agrave, habrá menos trabajo, menos cosas que comprar y menos dinero para comprarlas. Contrasta la magnitud de los problemas a los que nos enfrentamos los hombres del siglo xx con la modestia de los programas y soluciones que nos proponen los gobiernos y los partidos de Europa Occidental. No faltará quien me recuerde, con alguna razón, que la política es un arte (o una técnica) que vive en la relatividad de lo inmediato y lo próximo. Los políticos de la antigüedad tampoco pudieron, salvo contadísimas excepciones, prever el futuro: acertaron porque supieron responder al reto del presente, no por su visión del porvenir. Es verdad, pero vivimos en una encrucijada de la historia y Europa es la gran ausente de la política mundial.

No se puede atribuir la declinación de la influencia europea únicamente a la falta de imaginación política y de arrojo de sus políticos. Después de la segunda guerra, las naciones del Viejo Mundo se replegaron en sí mismas y han consagrado sus inmensas energías a crear una prosperidad sin grandeza y a cultivar un hedonismo sin pasión y sin riesgos. La última gran tentativa por recobrar la perdida influencia fue la del general De Gaulle. Con él se acabó una tradición que ya en su época, a despecho de su poderosa personalidad, era un arcaísmo. Era imposible que Francia por sí sola, en su nueva condición de potencia mediana, pudiese restablecer el equilibrio internacional y ser el contrapeso de los Estados Unidos y de Rusia. Ésta es una tarea que sólo podrían acometer las fuerzas combinadas de una Europa unida. Pero esta posibilidad no entró nunca realmente en la visión del general De Gaulle y no entró por dos razones: la primera porque era un político profundamente nacionalista; la segunda porque su gran inteligencia no excluía una dosis considerable de realismo. De Gaulle sabía lo que todos sabemos: las naciones europeas quieren vivir juntas y prosperar en paz pero no quieren hacer nada en común. Lo único que las une es la pasividad frente al destino. De ahí la fascinación que ejerce sobre sus multitudes el pacifismo, no como una doctrina revolucionaria sino como un ideología negativa. Es la otra cara del terrorismo: dos expresiones contrarias del mismo nihilismo.

En los últimos años hemos presenciado el triunfo electoral del socialismo democrático en España, Francia y Grecia. Esas victorias encierran enseñanzas que deberían ser meditadas por todos los latinoamericanos y especialmente por los demócratas y los socialistas. El caso de España es particularmente pertinente. Los españoles y los hispanoamericanos nos hemos enfrentado a los mismos obstáculos para implantar en nuestras tierras las instituciones democráticas. No tocaré el tema: es muy conocido y yo mismo lo he tratado en varios escritos. La historia de España y la de Hispanoamérica durante los dos últimos siglos me hicieron dudar más de una vez de la viabilidad de la democracia entre nosotros. Hoy España, después de cuarenta años de dictadura, comienza a vivir una vida democrática que es ejemplar en muchos aspectos. Primera lección, sobre todo para nuestras obtusas y bárbaras oligarquías en busca siempre de un espadón que garantice el orden: si los españoles han logrado la convivencia democrática sin matanzas ni guerra civil, ¿por qué no podemos nosotros hacer lo mismo? La segunda lección atañe especialmente a la izquierda latinoamericana, dogmática y cerril, descendiente no de la Ilustración sino de los teólogos del XVI: el partido socialista obrero español no sólo ha renunciado al marxismo sino que acepta de buen grado la rotación democrática. Tal vez nuestros grupos dirigentes, los conservadores lo mismo que los radicales, al verse en el ejemplo español, aprendan la práctica de la tolerancia, la crítica y el respeto a las opiniones ajenas.

El pragmatismo de los partidos democráticos, especialmente de la socialdemocracia, tienen aspectos positivos. Esas virtudes se vuelven visibles a la luz de las críticas de los revolucionarios. Si releemos hoy la polémica entre Kautsky y los bolcheviques, probablemente le daremos la razón al primero: su posición frente a la dictadura comunista no es muy distinta a la que hoy tienen Berlinguer y Carrillo. Sin embargo, el nombre del marxista alemán está unido desde hace medio siglo al infamante epíteto de Lenin: Kautsky el Renegado. Su caso es semejante al de Juliano. Fue un emperador en la tradición de Marco Aurelio y fue un soldado valiente pero, por obra de sus enemigos cristianos, hoy es conocido como Juliano el Apóstata. Es cierto que los socialistas y los socialdemócratas han dejado de ser revolucionarios: ¿no han mostrado así mayor sensibilidad histórica que sus críticos dogmáticos? La ausencia de revoluciones proletarias en Europa ha desmentido la profecía central del marxismo. Ahora mismo ¿son acaso revolucionarios los partidos europeos? Renunciar al verbalismo revolucionario no sólo es un signo de sobriedad intelectual sino de honradez política.

Desde fines del siglo XVIII hemos vivido el mito de la Revolución, como los hombres de las primeras generaciones cristianas vivieron el mito del Fin del Mundo y la inminente Vuelta de Cristo. Confieso que, a medida que pasan los años, veo con más simpatía a la revuelta que a la revolución. La primera es un espontáneo y casi siempre legítimo levantamiento contra un poder injusto. El culto a la revolución es una de las expresiones de la desmesura moderna. Una desmesura que, en el fondo, es un acto de compensación por una debilidad íntima y una carencia. Le pedimos a la revolución lo que los antiguos pedían a las religiones: salvación, paraíso. Nuestra época despobló el cielo de dioses y ángeles pero heredó del cristianismo la antigua promesa de cambiar al hombre. Desde el siglo XVIII se pensó que ese cambio consistiría en una tarea sobrehumana aunque no sobrenatural: la transformación revolucionaria de la sociedad. Esa transformación haría *otros* a los hombres, como la antigua gracia. El fracaso de las revoluciones del siglo XX ha sido inmenso y está a la vista. Tal vez la edad moderna ha cometido una terrible confusión: quiso hacer de la política una ciencia universal. Se creyó que la revolución, convertida en ciencia universal, sería la llave de la historia, el sésamo que abriría las puertas de la cárcel en que los hombres han vivido desde los orígenes. Ahora sabemos que esa llave no ha abierto ninguna prisión: ha cerrado muchas.

La conversión de la política revolucionaria en ciencia universal capaz de cambiar a los hombres fue una operación de índole religiosa. Pero la política no es ni puede ser sino una práctica y, a veces, un arte: su esfera es la realidad inmediata y contingente. Tampoco la ciencia —más exactamente: las ciencias— se propusieron nunca cambiar al hombre sino conocerlo y, si era posible, curarlo, mejorarlo. Ni la política ni las ciencias pueden darnos el paraíso o la armonía eterna. Así, convertir a la política revolucionaria en ciencia universal fue pervertir a la política y a la ciencia, hacer de ambas una caricatura de la religión. Pagamos hoy en sangre el precio de esa confusión. El pragmatismo de la socialdemocracia, su paulatina pérdida del radicalismo y de la visión de justicia que la inspiró en sus orígenes, puede verse como una reacción ante los excesos y los crímenes del socialismo autoritario y dogmático. Esa reacción ha sido saludable; al mismo tiempo, la socialdemocracia no ha podido llenar el vacío que ha dejado el fracaso de la gran esperanza comunista. ¿Significa esto, como muchos pronostican, que ha llegado la hora de las Iglesias? Si así fuese, espero que, por lo menos, quede sobre la tierra un pequeño grupo de hombres —como en el fin de la Antigüedad— que resista a la seducción de la omnicencia divina como otros, en nuestros días, han resistido a la de la omnicencia revolucionaria.

II

LA DEMOCRACIA IMPERIAL

ESTRENAR DECADENCIA

Primero fue un secreto susurrado al oído por unos cuantos enterados; después los expertos comenzaron a escribir doctos ensayos en las revistas especializadas y a dictar conferencias en las Facultades; hoy el tema se debate en las mesas redondas de la televisión, en los artículos y encuestas de los periódicos y semanarios populares, en los cócteles, las cenas y los bares. En menos de un año los norteamericanos han descubierto que «están en decadencia». Como la divinidad de los teólogos, la decadencia es indefinible; como la primavera del poema de Antonio Machado, nadie sabe cómo ha llegado; y como ambas, está en todas partes. Unos han acogido la noticia con incredulidad, otros con irritación y otros con indiferencia. Los espíritus religiosos la ven como un castigo del cielo y los inveterados pragmatistas como una falla mecánica reparable. La mayoría la ha recibido con una suerte de ambiguo frenesí, extraña alianza de horror, exaltación y un curioso sentimiento de alivio: ¡al fin!

Desde su nacimiento, los norteamericanos han sido un pueblo lanzado hacia el futuro. Toda su prodigiosa carrera histórica puede verse como un incesante galope hacia una tierra prometida: el reino (mejor dicho: la república) del futuro. Una tierra que no está hecha de tierra sino de una sustancia evanescente: tiempo. Apenas tocado, el futuro se disipa, aunque sólo para, un momento después, reaparecer de nuevo, un poco más allá. Siempre más allá. El progreso es fantasmal. Pero ahora, cuando los norteamericanos comenzaban, literalmente, a desalentarse, el porvenir desciende en la forma, a un tiempo abominable e infinitamente seductora, de la decadencia. El futuro al fin tiene cara.

Los prestigios de la decadencia, aunque menos pregonados, son más urbanos, sutiles y filosóficos que los del progreso: la duda, el placer, la melancolía, la desesperación, la memoria, la nostalgia. El progreso es brutal e insensible, desconoce el matiz y la ironía, habla en proclamas y en consignas, anda siempre de prisa y jamás se detiene, salvo cuando se estrella contra un muro. La decadencia mezcla al suspiro con la sonrisa, al ay de placer con el dolor, pesa cada instante y se demora hasta en los cataclismos: es un arte de morir o, más bien, de vivir muriendo. Creo, sin embargo, que la fascinación de los norteamericanos se debe no tanto a los encantos filosóficos y estéticos de la decadencia como al hecho de ser la puerta de entrada de la historia. La decadencia les da aquello que han buscado siempre: legitimidad histórica. Las religiones guardan celosamente las llaves de la eternidad, que es la negación —o, más bien, la disolución— de la historia; en cambio, la decadencia abre a los pueblos advenedizos —sean romanos o aztecas, asirios o mongoles— ese modesto sucedáneo de la gloria eterna que es la fama terrestre. Los norteamericanos sentían como un pecado original histórico su radical modernidad. La decadencia los lava de esa mancha.

Para todas las civilizaciones los bárbaros han sido, invariablemente, hombres «fuera de la historia». Ese estar «fuera de la historia» designó siempre al pasado: la barbarie es la anterioridad pura, el estado original de los hombres antes de la historia. Por una singular inversión de la perspectiva habitual, la modernidad norteamericana, consecuencia de cuatro mil años de historia europea y mundial, ha sido vista como una nueva barbarie. El civilizado ve en la exageración del pasado o en la exageración del futuro, dos formas paralelas, aunque antagónicas, de la excentricidad de los bárbaros. Para la conciencia europea el futuro de los norteamericanos no era menos inhabitable que el pasado de los primitivos. Este sentimiento fue compartido por algunos norteamericanos notables, a los que podría llamarse los «fugitivos del futuro»: Henry James, George Santayana, T. S. Eliot y otros.

Del mismo modo que los europeos no podían reconocerse en las sociedades nómadas —eran el pasado irrevocable— tampoco podían ni querían reconocerse en la modernidad norteamericana. Los Estados Unidos eran un país sin iglesias románicas ni catedrales góticas, sin pintura renacentista ni fuentes barrocas, sin nobleza hereditaria ni monarquía absoluta. Un país sin ruinas. Lo más sorprendente fue que los norteamericanos, con unas cuantas excepciones, aceptaron el veredicto: un pueblo «fuera de la historia» era un pueblo bárbaro. De ahí que hayan tratado por todos los medios de justificar su anomalía. La justificación adoptó muchas formas. En literatura se llamó Melville, Emerson, Whitman, Twain. Hoy, gracias a la inesperada aparición de la decadencia, la anomalía histórica ha cesado y los Estados Unidos ingresan a la normalidad. Pueden reconocerse sin rubor en los grandes imperios del pasado. Han recobrado la mortalidad: ya tienen historia.

Los norteamericanos no están solos en su exultación ante su recién descubierta decadencia. Los acompañan la envidia de los europeos, el resentimiento de los latinoamericanos y el rencor de los otros pueblos. Estos sentimientos también son históricos; quiero decir: desempeñan la misma función que la idea de decadencia. No sólo son una compensación sino un testimonio de la existencia de un gran imperio. Son una forma invertida de la admiración. Así, dan fe de una historia única, singular. Quevedo, que vivió una decadencia y que era por lo tanto un gran perito en envidias y rencores, pone en boca de Escipión el Africano, vencedor de los cartagineses pero vencido por sus compatriotas, estas palabras arrogantes:

Nadie llore mi ruina ni mi estrago,
pues será a mis cenizas, cuando muera,
epitafio Aníbal, urna Cartago.[1]

1. Aníbal era palabra aguda.

El soneto de Quevedo nos da una pista sobre otro posible sentido de la boga actual del tema de la decadencia. Escipión se confiesa vencido no por los enemigos de Roma sino por sus rivales políticos. Su suerte fue la de tantos héroes sacrificados en las repúblicas democráticas, grandes criaderos de envidia y demagogia.

Me pregunto si la boga del tema de la decadencia norteamericana no está ligada a la actual lucha electoral.[2] Es un argumento para ganar votos, un proyectil que se arroja contra el rival. Aunque esta contienda ha sido hasta ahora una pelea sin grandeza —o tal vez por eso mismo— es un buen ejemplo de la enfermedad endémica de las democracias: las disensiones intestinas, la lucha de las facciones.

Una y otra vez hemos visto a los norteamericanos —sobre todo a los intelectuales y a los periodistas pero también a antiguos funcionarios— criticar la política exterior de su país, casi siempre por venir de una administración contraria a su partido.

No necesito decir que aplaudo la actitud de los norteamericanos: es el fundamento de la libertad auténtica; al mismo tiempo, deploro que no sean más cuidadosos en la expresión de sus críticas, no para atenuarlas sino para impedir que esos ejercicios de libertad sean utilizados precisamente por los enemigos de la libertad. Casi siempre esas críticas son recogidas y ampliadas por los propagandistas de Rusia en los cinco continentes. Esta actitud de los norteamericanos, por lo demás, es otro ejemplo de su insensibilidad frente al exterior: están, realmente, fuera de la historia.

Naturalmente, las discusiones internas y la lucha electoral no explican enteramente la aparición del tema de la decadencia. Es evidente que no estamos ante una invención de la propaganda sino ante una realidad. Pero una realidad que ha sido exagerada o, mejor dicho, desfigurada.

Desconfío de la palabra *decadencia*. Verlaine y Moctezuma, Luis XV y Góngora, Boabdil y Gustave Mo-

2. Estas líneas fueron escritas durante la pasada contienda electoral entre Reagan y Carter.

reau han sido llamados decadentes por distintas y opuestas razones. Montesquieu y Gibbon, Vico y Nietzsche han escrito páginas admirables sobre las decadencias de los imperios y las civilizaciones, Marx profetizó el fin del sistema capitalista, Spengler diagnosticó el crepúsculo de la cultura del Oeste, Benda el de «la Francia bizantina»... y así sucesivamente. ¿A cuáles de todas estas decadencias aludimos al hablar de los Estados Unidos en 1980?

A pesar de estas incertidumbres y vaguedades, casi todos compartimos la idea —más bien: el sentimiento— de que vivimos en una época crepuscular. Pero el término *decadencia* no describe sino muy aproximadamente nuestra situación. No estamos ante el fin de un imperio, una civilización o un sistema de producción: el mal es universal, corroe a todos los sistemas e infesta a los cinco continentes. El tema de la crisis general de la civilización no es nuevo: desde hace más de cien años filósofos e historiadores han escrito libros y ensayos acerca de la declinación de nuestro mundo. En cambio, el tema gemelo —el del fin de este mundo— fue siempre el dominio del pensamiento religioso. Es una creencia que han compartido muchas épocas y pueblos: los hindúes, los sumerios, los aztecas, los primeros cristianos y los del Año Mil. Ahora los dos temas —el de la decadencia histórica y el del fin del mundo— se han fundido en uno solo que tiene, alternativamente, resonancias científicas y políticas, escatológicas y biológicas. No sólo vivimos una crisis de la civilización mundial sino que esa crisis puede culminar en la destrucción física de la especie humana.

La destrucción del planeta Tierra es un suceso sobre el que no escribieron ni Marx ni Nietzsche ni ningún otro de los filósofos que se han ocupado del tema de la decadencia. En cuanto al pensamiento religioso: aunque su especialidad son la muerte y el nacimiento de los hombres y las sociedades, las tradiciones religiosas habían afirmado siempre que el mundo sería destruido por seres sobrenaturales o por fuerzas cósmicas, no por la acción de los hombres empleando medios técnicos. Por su parte, la ciencia moderna ha especulado mucho sobre el fin final, quiero decir, el del universo entero y no únicamente el de nuestro planeta; la segunda ley de la termodinámica —el enfriamiento progresivo y la caída sin fin en un inerte desorden— ha sido y es nuestra Trompeta del Juicio Final. Pero la degradación última de la energía no será obra de los hombres sino de la economía misma de la naturaleza. Los antiguos filósofos se preguntaron si el universo estaba destinado a la extinción. Algunos se inclinaron por la hipótesis de un universo autosuficiente y eterno; otros por la visión cíclica: la conflagración *(ekpyrosis)* que, según los estoicos, pone fin a un período cósmico, enciende al mismo tiempo el fuego de la resurrección universal. La filosofía moderna no ha recogido el tema del fin del mundo ni las otras especulaciones cosmológicas de la Antigüedad. Ha reflexionado, sí, sobre la muerte individual y sobre la decadencia de las sociedades y civilizaciones pero la extinción de nuestro planeta ha sido el tema de la física y las otras ciencias naturales.

En la segunda mitad del siglo xx el fin del mundo se ha convertido en un asunto público y de la exclusiva competencia de los hombres y sus actos. Ni demiurgos ni fuerzas naturales: los hombres serán los responsables de la extinción o de la supervivencia de su especie. Ésta es la gran novedad histórica de nuestro siglo. Una novedad absoluta y que puede significar el fin de todas las novedades. Si fuese así, el destino habría curado a los hombres, de manera terrible y también absoluta, de la enfermedad que padecen desde su origen y que, recrudecida desde hace más de dos siglos, ahora los corrompe: la avidez de novedades, el insensato culto al futuro. Como las almas de Dante, estaríamos condenados a la *abolición del futuro* sólo que, a diferencia de ellos, no podríamos siquiera ver ese impensable acontecimiento. En verdad, nuestra suerte sería —siniestra simetría— exactamente la contraria a la suya: muerte eterna. Así, nuestra época realizaría hasta el fin su destino: ser la negación del cristianismo.

Los Estados Unidos son parte —y parte esencial— de la crisis general de la civilización; asimismo, comparten con los rusos la responsabilidad atroz de acabar con la especie humana y quizá con la vida misma sobre este planeta. Pero es claro que cuando hablamos de la decadencia de la República imperial de los Estados Unidos nos referimos a algo muy distinto. Desde la perspectiva de la crisis mundial de la civilización, los Estados Unidos han sufrido menos que casi todas las otras naciones los horrores y los estragos de nuestra época. Aunque han atravesado por muchas vicisitudes y han experimentado cambios enormes, sus fundamentos políticos, sociales y económicos están todavía intactos. La democracia norteamericana ha logrado corregir, aunque no totalmente, sus graves imperfecciones en el dominio de los derechos de las minorías étnicas. También es visible la mejoría en la esfera de las libertades individuales y el respeto a la moral y la vida privadas. Por último, los norteamericanos no han conocido el totalitarismo, como los alemanes, los rusos y las naciones que viven bajo la dominación soviética. Ni han sido ocupados, ni han visto destruidas sus ciudades; tampoco han padecido las dictaduras, guerras civiles, hambres, oprobios y exacciones de tantos otros pueblos.

Ante los Estados Unidos la reacción natural y primera de cualquier visitante es el asombro. Pocos han ido más allá de la sorpresa inicial —admiración a veces mezclada a la repulsa— y se han dado cuenta de la inmensa originalidad de ese país. Uno de esos pocos, y el primero entre ellos, fue Tocqueville. Sus reflexiones no han envejecido. Previó la futura grandeza de la Unión Americana y la índole del conflicto que, desde su nacimiento, la habita. Un conflicto al que debe, simultáneamente, sus grandes logros y sus tropiezos: la oposición entre libertad e igualdad, el individuo y la democracia, las libertades locales y el centralismo gubernamental. La mirada de Henry Adams, aunque menos amplia, quizá fue más honda: vio en el interior de la sociedad norteamericana la oposición entre la Dinamo, que transforma al mundo pero lo reduce a series uniformes, y la Virgen, energía natural y espiritual que irriga e ilumina el alma de los hombres y produce así la variedad y la variación de nuestras obras. Tocqueville y Adams previeron, con lucidez, lo que iba a ocurrir; nosotros, ahora, vemos lo que está ocurriendo. Desde esta perspectiva quizá estas reflexiones no sean del todo ociosas.

Cuando hablo de originalidad, no me refiero a los contrastes que todos conocemos —la gran riqueza y la privación extrema, la chillona vulgaridad y la más pura belleza, la codicia y el desinterés, la perseverante energía y la pasividad del drogado o el frenesí del borracho, la altiva libertad y la docilidad del rebaño, la precisión intelectual y los delirios del chiflado, la gazmoñería y el desenfreno— sino a la *novedad histórica* que son los Estados Unidos. Nada ha existido, en el pasado de los hombres, que sea comparable a esta realidad abigarrada y, por decirlo así, repleta de sí misma. Repleta y vacía: ¿qué hay detrás de esa enorme variedad de productos y bienes que se ofrece a nuestra vista con una suerte de generosa impudicia? Riqueza fascinante, es decir, engañosa. Al decirlo, no pienso en las injusticias y desigualdades de la sociedad norteamericana: aunque son muchas, son menos y menos graves que las nuestras y que las de la mayoría de las naciones. Digo riqueza engañosa no porque sea irreal sino porque me pregunto si una sociedad puede vivir encerrada en el círculo de la producción y el consumo, el trabajo y el placer. Se dirá que esa situación no es única sino común a todos los países industriales. Es verdad, pero en los Estados Unidos, por ser la nación que ha ido más lejos en ese camino y ser así la más perfecta expresión de la modernidad, la situación ha llegado a su límite extremo. Además, en esa situación hay una nota única y que no aparece en las otras naciones.

Repito mi pregunta: ¿qué hay detrás de esa riqueza? No puedo responder: no encuentro nada, no hay nada. Me explico: todas las instituciones norteamericanas, su técnica, su ciencia, su energía, su educación son un medio, un *para*... La libertad, la democracia, el trabajo, el ingenio inventivo, la perseverancia, el respeto a la palabra empeñada, todo *sirve*, todo es un medio para obtener ¿qué? ¿La felicidad en esta vida, la salvación en la otra, el bien, la verdad, la sabiduría, el amor? Los fines últimos, que son los que de verdad cuentan porque son los que dan sentido a nuestra vida, no aparecen en el horizonte de los Estados Unidos. Existen, sí, pero son del dominio privado. Las preguntas y las respuestas sobre la vida y su sentido, la muerte y la otra vida, confiscadas tradicionalmente por las Iglesias y los Estados, habían sido asuntos del dominio público. La gran novedad histórica de los Estados Unidos consiste en intentar devolverlas a la vida íntima de cada uno. Lo que hizo la Reforma protestante en la esfera de las creencias y los sentimientos religiosos, lo ha hecho la Unión Americana en la esfera secular. Inmensa novedad, cambio sin precedentes en el pasado: ¿qué le queda a la acción del Estado, es decir, a la historia?

La sociedad norteamericana, a la inversa de todas las otras sociedades conocidas, fue fundada para que sus ciudadanos pudiesen realizar pacífica y libremente sus fines privados. El bien común no consiste en una finalidad colectiva o metahistórica sino en la coexistencia armoniosa de los fines individuales. ¿Pueden vivir las naciones sin creencias comunes y sin una ideología metahistórica? Antes, los hechos y las gestas de cada pueblo se alimentaban y se justificaban en una metahistoria; o sea: es un fin común que estaba por encima de los individuos y que se refería a valores que eran, o pretendían ser, trascendentes. Cierto, los norteamericanos comparten creencias, valores e ideas: libertad, democracia, justicia, trabajo... Pero todas ellas son medios, un *para* esto o aquello. Los fines últimos de sus actos y pensamientos no son del dominio público sino del privado. La Unión Americana ha sido la primera tentativa histórica por devolverle al individuo aquello que el Estado, desde el origen, le arrebató.

No quiero decir que el Estado norteamericano sea el único Estado liberal: su fundación fue inspirada por los ejemplos de Holanda, Inglaterra y la filosofía del siglo XVIII. Pero la nación norteamericana, y no sólo el Estado, se distingue de las otras precisamente por el hecho de haber sido fundada con esas ideas y principios. A diferencia de lo que ocurrió en otras partes, la Constitución norteamericana no modifica o cambia una situación anterior —esto es: el régimen monárquico con sus clases hereditarias, sus estamentos y jurisdicciones especiales— sino que establece una nueva sociedad. Es un comienzo absoluto. Con frecuencia se ha dicho que en las sociedades democráticas liberales, especialmente en la norteamericana, los grupos y los individuos, sobre todo las empresas capitalistas pero también las burocracias obreras y los otros sectores, al crecer sin freno han substituido la dominación del Estado por la de los intereses particulares. La crítica es justa; sin embargo, debe añadirse que se trata de una realidad que desfigura gravemente al proyecto original pero que no lo anula. El principio fundador está vivo todavía. La prueba es que sigue inspirando a los movimientos de autocrítica y reforma que periódicamente conmueven a los Estados Unidos. Todos ellos se han presentado como una vuelta a los orígenes.

La gran originalidad histórica de la nación norteamericana y, asimismo, la raíz de su contradicción, está inscrita en el acto mismo de su fundación. Los Estados Unidos fueron fundados para que sus ciudadanos viviesen entre ellos y consigo mismos, libres al fin del peso de la historia y de los fines metahistóricos que el Estado ha asignado a las sociedades del pasado. Fue una construcción contra la historia y sus desastres, cara al futuro, esa *terra incognita* con la cual ellos se han identificado. El culto al futuro se inserta con naturalidad en el proyecto norteamericano y es, por decirlo así, su condición y su resultado. La sociedad norteamericana se fundó por un acto de abolición del pasado. Sus ciudadanos, a la inversa de ingleses o japoneses, alemanes o chinos, mexicanos o portugueses, no son los hijos sino el comienzo de una tradición. No continúan un pasado: inauguran un tiempo nuevo. El acto (y el acta) de fundación —anulación del pasado y comienzo de algo distinto— se repite sin cesar en toda su historia: cada uno de sus episodios se define no frente al pasado sino ante el futuro. Es un paso más hacia allá. ¿Hacia dónde? Hacia un *nowhere* que está en todas partes menos aquí y ahora. El futuro no tiene rostro y es mera posibilidad... Pero los Estados Unidos no están en el futuro, región inexistente: están aquí y ahora, entre nosotros, los pueblos extraños de la historia. Son un imperio y

38

sus más ligeros movimientos estremecen al mundo entero. Quisieron estar fuera del mundo y están en el mundo, son el mundo. Así, la contradicción de la sociedad norteamericana contemporánea: ser un imperio y ser una democracia, es el resultado de otra más honda: haber sido fundada contra la historia y ser ella misma historia.

En un viaje reciente a los Estados Unidos me sorprendió la abundancia —en las vitrinas y los estantes de las librerías de Nueva York y de Cambridge— de libros y revistas que tratan el tema de la decadencia. Estas publicaciones satisfacen, por una parte, la tendencia norteamericana a la autocrítica y la autoflagelación; por la otra, son fabricaciones de la industria de la publicidad. En una sociedad regida por el culto a la moda —un culto que es también un comercio— hasta el tema de la decadencia se convierte en novedad y en negocio. Muchos de estos libros y artículos sobre el ocaso de los Estados Unidos son, en el doble sentido de la palabra, especulaciones. Al mismo tiempo, mal que bien, cumplen una función psicológica y moral que no sé si llamar de compensación o de purificación. Hoy los norteamericanos se entregan con una suerte de avidez sombría a los arduos placeres del examen de conciencia. ¿Signo de inclinaciones mórbidas o búsqueda de la salud?

Debe distinguirse entre los libros, ensayos y artículos sobre la declinación de los Estados Unidos. Muchos son lucubraciones, variaciones más o menos inteligentes de una de esas fantasías colectivas que periódicamente secreta nuestro mundo sediento siempre de novedades y cataclismos. Otros, los más serios, son análisis concretos sobre problemas determinados y áreas delimitadas: cuestiones militares, relaciones internacionales, asuntos económicos. Casi todos son convincentes y, después de leerlos, es difícil no convenir en que desde hace años asistimos a una gradual disminución del poderío militar y político de los Estados Unidos. La república imperial, según nos avisan muchos signos, alcanzó ya su mediodía y probablemente ha iniciado su descenso. Es un proceso lento y que puede durar un siglo, como el de España, o cuatro o cinco, como el de Roma. Sólo que, a diferencia de lo que ha ocurrido en el pasado, no se ve todavía en el horizonte histórico apuntar un nuevo astro. Las dolencias y contradicciones de su gran rival son más graves y tal vez incurables. La Unión Soviética es una sociedad de castas y es un imperio multinacional bajo la dominación de la Gran Rusia. Vive así entre la amenaza de la petrificación y la de la explosión.

¿Epicuro o Calvino?

Los Estados Unidos atraviesan por un período de duda y desorientación. Si no han perdido la fe en sus instituciones —Watergate fue un ejemplo admirable— no creen ya como antes en el destino de su nación. Es imposible, dentro de los límites de este trabajo, examinar las razones y las causas: son del dominio de la «cuenta larga». Baste con decir que, probablemente, el actual estado de espíritu del pueblo norteamericano es la consecuencia de dos fenómenos contrarios pero que, como sucede a menudo en la historia, se han conjugado. El primero es el sentimiento de culpabilidad que despertó en muchos espíritus la guerra de Viet-Nam; el segundo es el desgaste de la ética puritana y el auge del hedonismo de la abundancia. El sentimiento de culpabilidad, unido a la humillación de la derrota, ha reforzado el aislacionismo tradicional, que ha visto siempre a la democracia norteamericana como una isla de virtud en el mar de perversidades de la historia universal. El hedonismo, por su parte, ignora el mundo exterior y, con él, a la historia. Aislacionismo y hedonismo coinciden en un punto: los dos son antihistóricos. Ambos son expresiones de un conflicto que está presente en la sociedad norteamericana desde la guerra con México, en 1847, pero que sólo hasta este siglo se ha hecho plenamente visible: los Estados Unidos son una democracia y al mismo tiempo son un imperio. Agrego: un imperio peculiar, pues no se ajusta completamente a la definición clásica. Es algo muy distinto a lo que fueron el imperio romano, el español, el portugués y el inglés.

Perplejos ante su doble naturaleza histórica, hoy no saben qué camino tomar. La disyuntiva es mortal: si escogen el destino imperial, perderán su razón de ser como nación. Pero ¿cómo renunciar al poder sin ser inmediatamente destruidos por su rival, el imperio ruso? Se dirá que Gran Bretaña fue una democracia y un imperio. La situación contemporánea es muy distinta: el imperio británico fue exclusivamente colonial y ultramarino; asimismo, en su política europea y americana no buscó la hegemonía sino el equilibrio de poderes. Ahora bien, la política del equilibrio de poderes correspondía a otra etapa de la historia mundial; ni la Gran Bretaña ni las otras grandes potencias europeas tuvieron que enfrentarse a un Estado como la URSS, cuya expansión imperialista está inextricablemente aliada a una ortodoxia universal. El Estado Burocrático Ruso no sólo aspira a la dominación mundial, sino que es una ortodoxia militante que no tolera otras ideologías ni otros sistemas de gobierno.

Si en lugar de contraponer la situación internacional a que se enfrentan hoy los Estados Unidos con la que prevalecía en Europa durante la segunda mitad del siglo pasado, pensamos en la Roma del final de la República, la comparación resulta aún más desfavorable para la democracia norteamericana. Las dificultades de los romanos del siglo I a.C. eran sobre todo de orden interno y esto explica en parte la ferocidad de las luchas entre las distintas facciones: Roma había logrado ya la dominación del mundo conocido y su único rival —los partos— era un Imperio a la defensiva. Además y sobre todo: ninguna de las potencias que habían combatido a los romanos se identificaba con una ideología universalista. En cambio, la contradictoria política exterior norteamericana —consecuencia de las disputas entre los grupos y partidos tanto como de la incapacidad de los dirigentes para trazar un plan general de largo alcance— coincide con la existencia de un Imperio agresivo y que encarna una ideología universalista. Para colmo de males, la alianza occidental es un conjunto de países cuyos intereses y políticas no siempre son los de los Estados Unidos.

La expansión de la república norteamericana ha sido

la consecuencia natural y en cierto modo fatal, por decirlo así, de su desarrollo económico y social; la expansión romana fue el resultado de la acción deliberada de la oligarquía senatorial y de sus generales durante más de dos siglos. La política exterior de Roma es un ejemplo notable de coherencia, unidad de propósito, perseverancia, habilidad, tenacidad y atingencia —justamente todas las virtudes que echamos de menos en los norteamericanos. Tocqueville fue el primero que vio en dónde estaba la falla y en qué consistía: «En lo que toca a la dirección de los asuntos externos de la sociedad, los gobiernos democráticos me parecen decididamente inferiores a los otros... La política exterior no exige el uso de casi ninguna de las cualidades que son propias a la democracia y, al contrario, reclama el desarrollo de casi todas las que le faltan... Difícilmente la democracia sabría coordinar los detalles de una gran empresa, trazar previamente un plan y seguirlo obstinadamente a través de todos los obstáculos. Tiene poca aptitud para combinar en secreto las medidas y para esperar pacientemente sus resultados. Éstas son cualidades que pertenecen a un hombre o a una aristocracia; y estas cualidades, precisamente, son las que hacen que, a la larga, los pueblos, como individuo, terminen por dominar.»

El origen de la democracia norteamericana es religioso y se encuentra en las comunidades de disidentes protestantes que se establecieron en el país durante los siglos XVI y XVII. Las preocupaciones religiosas se convirtieron después en ideas políticas teñidas de republicanismo, democracia e individualismo pero la tonalidad original jamás desapareció de la conciencia pública. Religión, moral y política han sido inseparables en los Estados Unidos. Ésta es la gran diferencia entre el liberalismo europeo, casi siempre laico y anticlerical, y el norteamericano. Las ideas democráticas tienen entre los norteamericanos un fundamento religioso a veces implícito y otras, las más, explícito. Estas ideas justificaron la tentativa, única en la historia, de constituir una nación como un «covenant» frente e incluso contra la necesidad o fatalidad histórica. En los Estados Unidos el pacto social no fue una ficción sino una realidad y se realizó para *no* repetir a la historia europea. Éste es el origen del aislacionismo norteamericano: la tentativa por fundar una sociedad que estuviese al abrigo de las vicisitudes que habían sufrido los pueblos europeos. Fue y es, como ya he dicho, una construcción contra o, más bien, fuera de la historia. De ahí que la expansión norteamericana, hasta la guerra con México, haya sido dirigida a colonizar los espacios vacíos —los indios fueron considerados siempre como *naturaleza*— y ese espacio aún más vacío que es el futuro.

Si pudiesen, los norteamericanos se encerrarían en su país y le darían la espalda al mundo, salvo para comerciar con él y visitarlo. La utopía norteamericana —en la que abundan, como en todas las utopías, muchos rasgos monstruosos— es la mezcla de tres sueños: el del asceta, el del mercader y el del explorador. Tres individualistas. De ahí el desgano que muestran cuando tienen que enfrentarse al mundo exterior, su incapacidad para comprenderlo y su impericia para manejarlo. Son un imperio, están rodeados de naciones que son sus aliados y de otras que quieren destruirlos, pero ellos quisieran estar solos: el mundo exterior es el mal, la historia es la perdición. Son lo contrario de Rusia, otro país religioso pero que identifica a la religión con la Iglesia y que encuentra legítima la confusión entre ideología y partido. El Estado comunista —como se vio muy claramente durante la guerra pasada— es el continuador y no sólo el sucesor del Estado zarista. La noción de pacto o «covenant» no ha figurado nunca en la historia política de Rusia, ni en la tradición zarista ni en la bolchevique. Tampoco la idea de la religión como algo del dominio del fuero íntimo; para los rusos ni la religión ni la política pertenecen a la esfera de la conciencia privada sino a la pública. Los norteamericanos han querido y quieren construir un mundo propio, el suyo, fuera de este mundo; los rusos han querido y quieren dominar al mundo para convertirlo.

La contradicción de los Estados Unidos afecta a los fundamentos mismos de la nación. Así, la reflexión sobre los Estados Unidos y sus actuales predicamentos desemboca en una pregunta ¿serán capaces de resolver la contradicción entre imperio y democracia? Les va en ello la vida y la identidad. Aunque es imposible responder a esta pregunta, no lo es arriesgar un comentario.

El sentimiento de culpa puede transformarse, rectamente utilizado, en el comienzo de la salud política; en cambio, el hedonismo no lleva sino a la dimisión, la ruina y la derrota. Es verdad que después de Viet-Nam y de Watergate hemos asistido a una suerte de orgía de masoquismo y hemos visto a muchos intelectuales, clérigos y periodistas rasgarse las vestiduras y golpearse el pecho en signo de contrición. Las autoacusaciones, en general, no eran ni son falsas pero el tono era y es con frecuencia delirante, como cuando un periodista, en *The New York Times*, hizo culpable a la política norteamericana en Indochina de las atrocidades que después han cometido los kmeres rojos y los vietnamitas. No obstante, el sentimiento de culpa, además de ser una compensación que mantiene el equilibrio psíquico, posee un valor moral: nace del examen de conciencia y del reconocimiento de que se ha obrado mal. Así, puede convertirse en sentimiento de responsabilidad, único antídoto contra la ebriedad de la *hybris* lo mismo para los individuos que para los imperios. En cambio, es más difícil convertir al hedonismo epidérmico de las masas modernas en una fuerza moral. Pero no es ilusorio confiar en el fondo ético y religioso del pueblo norteamericano: es un manantial obstruido pero no cegado.

La política exterior de los Estados Unidos ha sido zigzagueante y errática, con frecuencia contradictoria y, a veces, incoherente. El principal defecto de esta conducta, su inconsistencia básica, no reside únicamente en las fallas de los dirigentes, con ser muchas, sino en ser una política más sensible a las reacciones del interior que a las del exterior. Sus objetivos son contener a la Unión Soviética y a sus tropas de choque (Cuba, Viet-Nam), consolidar su alianza con el Japón y las democracias europeas, estrechar sus lazos con China, lograr un arreglo en el Medio Oriente que preserve la independencia de Israel y afirme la amistad con Egipto, ganar amigos entre los países árabes y los de América Latina,

África y Asia, impedir que los movimientos y rebeliones populares de América Central sean confiscados por minorías de revolucionarios profesionales que instauren en esa región, como sucedió en Cuba, regímenes dependientes de Moscú. Ésos son los fines declarados pero los reales son obtener votos y satisfacer las aspiraciones o las ambiciones de este o de aquel grupo, sean los judíos o los negros, los obreros o los agricultores, el *Establishment* del Este o los texanos. Es claro que la política de una gran potencia no puede estar supeditada a los cambiantes y divergentes intereses de los distintos grupos. Las luchas entre los partidos, más que las armas espartanas, causaron la pérdida de Atenas.

Toda enumeración de los errores de la política norteamericana, debe terminar con esta salvedad: esos errores, magnificados por los medios de publicidad y por las pasiones políticas, revelan vicios y fallas inherentes a las democracias plutocráticas pero no indican una debilidad intrínseca. Estados Unidos han sufrido derrotas y descalabros, pero su poderío económico, científico y técnico es todavía superior al de la Unión Soviética. También lo es su sistema político y social. Las instituciones norteamericanas fueron diseñadas para una sociedad en perpetuo movimiento mientras que las soviéticas corresponden a una sociedad estática de castas. Por eso cualquier cambio en la Unión Soviética pone en peligro los fundamentos mismos del régimen. Las instituciones rusas no resistirían la prueba que es, cada cuatro años, la elección del Presidente de los Estados Unidos. Un fenómeno como el de Watergate habría desencadenado, en Rusia, una revolución. Se habla mucho de la inferioridad de los norteamericanos en el dominio militar, especialmente en el de las armas tradicionales. Es una inferioridad transitoria. Los Estados Unidos tienen los recursos materiales y humanos para restablecer el equilibrio militar. ¿Y la voluntad política? Es difícil dar una respuesta inequívoca a esta pregunta.

Los norteamericanos han padecido, en los últimos años, una inestabilidad psíquica que los ha llevado de un extremo a otro. No sólo han perdido el rumbo sino que han perdido el dominio de sí mismos. A los Estados Unidos no les ha faltado poder sino sabiduría. Más allá de las exageraciones de la publicidad, la palabra decadencia es aplicable a los Estados Unidos en un sentido moral y político. Entre su poderío y su política exterior, entre sus virtudes internas y sus acciones internacionales, hay una notable disparidad. Al pueblo norteamericano y a sus dirigentes les falta ese sexto sentido que han tenido casi todas las grandes naciones: la *prudencia*. Esta palabra, desde Aristóteles, designa a la más alta virtud política. La prudencia está hecha de sabiduría y entereza, arrojo y moderación, discernimiento y persistencia en la actuación. La mejor y más sucinta definición de *prudentia* la ha dado recientemente Castoriadis: *facultad de orientarse en la historia.* Es la facultad que muchos echamos de menos en los Estados Unidos.

Con frecuencia se comparan los Estados Unidos a Roma. El paralelo no es del todo exacto —en Roma no aparece el ingrediente utópico, central en los Estados Unidos— pero sí es útil. Para Montesquieu la decadencia de los romanos tuvo una causa doble: el poder del ejército y la corrupción del lujo. El primero fue el origen del imperio, la segunda su ruina. El ejército les dio el dominio sobre el mundo pero, con él, la molicie irresponsable y el derroche. ¿Serán los norteamericanos más sabios y sobrios que los romanos, mostrarán mayor fortaleza de ánimo? Parece dificilísimo. Sin embargo, hay una nota que habría animado a Montesquieu: los norteamericanos han sabido defender sus instituciones democráticas y aún las han ampliado y perfeccionado. En Roma, el ejército instauró el despotismo cesáreo; los Estados Unidos padecen los males y los vicios de la libertad, no los de la tiranía. Todavía está viva, aunque deformada, la tradición moral de la crítica que los ha acompañado a lo largo de la historia. Precisamente los accesos de masoquismo son expresiones enfermizas de esa exigencia moral.

Los Estados Unidos, en el pasado, a través de la autocrítica, supieron resolver otros conflictos. Ahora mismo han mostrado sus capacidades de renovación. Durante los últimos veinte años han dado grandes pasos para resolver la otra gran contradicción que los desgarra, la cuestión racial. No es imposible que, al finalizar el siglo, los Estados Unidos se conviertan en la primera democracia multirracial de la historia. El sistema democrático norteamericano, a pesar de sus graves imperfecciones y sus vicios, corrobora la antigua opinión: si la democracia no es el gobierno ideal, sí es el menos malo. Uno de los grandes logros del pueblo norteamericano ha sido preservar la democracia frente a las dos grandes amenazas contemporáneas: las poderosas oligarquías capitalistas y el Estado burocrático del siglo xx. Otro signo positivo: los norteamericanos han hecho grandes avances en el arte de la convivencia humana, no sólo entre los distintos grupos étnicos sino en dominios tradicionalmente prohibidos por la moral tradicional, como el de la sexualidad. Algunos críticos lamentan la «permissiveness» y la relajación de las costumbres de la sociedad norteamericana; confieso que me parece peor el otro extremo: el cruel puritanismo comunista y la sangrienta gazmoñería de Jomeini. Por último: el desarrollo de las ciencias y la tecnología es una consecuencia directa de la libertad de investigación y de crítica predominante en las universidades e instituciones de cultura de los Estados Unidos. No es accidental la superioridad norteamericana en estos dominios.

¿Cómo y por qué, en una democracia que sin cesar se revela fértil y creadora en la ciencia, la técnica y las artes, es tan abrumadora la mediocridad de sus políticos? ¿Tendrán razón los críticos de la democracia? Debemos aceptar que la voluntad mayoritaria no es sinónimo de sabiduría: los alemanes votaron por Hitler y Chamberlain fue elegido democráticamente. El sistema democrático está expuesto al mismo riesgo que la monarquía hereditaria: los errores de la voluntad popular son tantos como los de las leyes de la herencia y las malas elecciones son imprevisibles como el nacimiento de herederos tarados. El remedio está en el sistema de balanzas y controles: la independencia del poder judicial y la del legislativo, el peso de la opinión pública en las decisiones gubernamentales a través del sano y cuerdo ejercicio de la crítica por los medios de comunicación. Por desgracia, ni el Senado ni los medios ni la opinión pública han dado, en los últimos años, signos de *prudencia* política. Así pues, las inconsistencias de la política exterior de los norteamericanos no son imputables únicamente a sus gobernantes y políticos sino a la nación entera. No sólo los intereses de los grupos y partidos se anteponen a los fines colectivos sino que la opinión norteamericana se ha mostrado incapaz de comprender lo que ocurre más allá de sus fronteras. Esta crítica es aplicable lo mismo a los liberales que a los conservadores, a los clérigos que a los líderes de los sindicatos. No hay país mejor informado que los Estados Unidos; sus periodistas son excelentes y están en todas partes, sus expertos y especialistas cuentan con todos los datos y antecedentes pertinentes en cada caso —y el resultado de esta gigantesca montaña de informaciones y noticias es, casi siempre, el ratón de la fábula. ¿Falla intelectual? No: falla de visión histórica. Por la índole misma del proyecto que fundó a la nación —ponerla al abrigo de la historia y sus horrores— los norteamericanos padecen una congénita dificultad para entender al mundo exterior y orientarse en sus laberintos.

Otra falla de la democracia norteamericana, ya advertida por Tocqueville: las tendencias igualitarias, que no suprimen el egoísmo individual pero lo deforman. Aunque esas tendencias no han evitado el nacimiento y la proliferación de las desigualdades sociales y económicas, han cohibido a los mejores y han entorpecido su participación en la vida pública. Un ejemplo mayor es la situación de la clase intelectual: contrasta la excelencia de sus logros en las ciencias, la técnica, las artes y la educación con su escasa influencia en la política. Es verdad que muchos intelectuales sirven y han servido a los gobiernos pero casi siempre como técnicos y expertos, es decir, *para hacer* esto o aquello, no para señalar metas y fines. Algunos intelectuales han sido consejeros de los Presidentes y así han contribuido a diseñar y a ejecutar la política exterior norteamericana. Se trata de casos aislados. La clase intelectual norteamericana, como cuerpo social, no tiene la influencia de sus congéneres en Europa y América Latina. No la tiene, en primer término, porque la sociedad no está dispuesta a concedérsela. Apenas si es necesario recordar los términos despectivos con que se designa al intelectual: *egghead, highbrow*. Estos adjetivos dañaron la carrera política de Adlai Stevenson, para citar sólo un ejemplo.

A su vez, los intelectuales norteamericanos han mostrado poco interés en las grandes abstracciones filosóficas y políticas que han apasionado a nuestra época. Esta indiferencia ha tenido un aspecto positivo: los ha preservado de los extravíos de muchos intelectuales europeos y latinoamericanos. También de las caídas y recaídas en la abyección de tantos escritores que han combinado, sin pestañear, los honores públicos y los premios internacionales con las lisonjas a los Stalin, los Mao y los Castro. Entre los grandes poetas norteamericanos sólo uno, Ezra Pound, sucumbió a la fascinación totalitaria y es revelador que haya escogido ser panegirista del menos brutal de los brutales dictadores de este siglo: Mussolini. A diferencia de otros escritores europeos y latinoamericanos, Pound no obtuvo por su apostasía ni condecoraciones ni honras fúnebres nacionales sino el encierro por muchos años en un manicomio. Fue terrible pero quizá mejor que el feliz chapotear en el lodo de un Aragon. La indiferencia de los norteamericanos no es reprobable en sí; lo es cuando se transforma en la paranoia de los conservadores o en la ingenuidad rayana en la complicidad de los liberales. Son dos maneras de ignorar la existencia de los otros: convertirlos en diablos o en héroes de cuento. Es comprensible la desconfianza de los intelectuales norteamericanos ante las pasiones ideológicas; no lo es ignorar que esas pasiones han conmovido a varias generaciones de intelectuales europeos y latinoamericanos, entre ellos a algunos de los mejores y más generosos. Para entenderlos y entender la historia contemporánea, hay que entender esas pasiones.

Cuando se habla del carácter de los norteamericanos, casi siempre aparece la palabra *ingenuidad*. Ellos mismos atribuyen un valor especial al término *inocencia*. La ingenuidad no es una característica en consonancia con la introspección pesimista del puritano. Sin embargo, las dos conviven en ellos. Tal vez la introspección les sirve para verse a sí mismos y descubrir, en su intimidad, las huellas de Dios o las del demonio; la ingenuidad, a su vez, es su modo de presentación ante los otros y de relacionarse con ellos. La ingenuidad es una apariencia de inocencia. Mejor dicho, es una vestidura. Así, la indefensión del ingenuo es un arma psicológica que lo preserva de la contaminación del otro y que, al aislarlo, le permite escapar y contraatacar. La ingenuidad de los intelectuales norteamericanos ante los grandes debates ideológicos de nuestro siglo ha cumplido esa doble función. En primer término, los ha preservado de caer en los extravíos y perversiones en que han caído los europeos y latinoamericanos; en seguida, les ha permitido juzgarlos y condenarlos —sin comprenderlos. Unos y otros, los conservadores y los liberales norteamericanos, han substituido la visión histórica por el juicio moral. Cierto, no puede haber visión del otro, es decir: visión de la historia, sin una moral pero ésta no puede reemplazar a la auténtica visión histórica. Sobre todo si esa moral es un puritanismo provinciano, mezclado a dosis variables pero fuertes de pragmatismo, empirismo y positivismo.

Para comprender mejor en qué consiste la sustitución de la visión histórica por la moral, debo referirme nuevamente al origen de los Estados Unidos. En la Antigüedad, la moral privada era inseparable de la pública. En los clásicos de la filosofía griega, Platón y Aristóteles, la unión entre metafísica, política y moral era íntima: los fines individuales más altos —el amor, la amistad, el conocimiento y la contemplación— eran inseparables de la *polis*. Lo mismo ocurre entre los grandes romanos; apenas si es necesario recordar a Cicerón, a Séneca y, sobre todo, a Marco Aurelio. Sin embargo, ya en la Antigüedad comenzó la separación entre moral y política (o como decimos ahora: entre moral e historia). Para muchas escuelas filosóficas, especialmente para los epicúreos y los escépticos, la moral se convirtió más y más en un asunto privado. Pero esta indiferencia ante la vida pública no se transformó en esas formas negativas de la acción política que son la desobediencia civil y la rebeldía pasiva. La moral epicúrea no desembocó en una política. Tampoco el escepticismo: aunque Pirrón no afirmaba nada, ni siquiera su propia existencia, sus dudas no le impedían obedecer a las leyes y a las autoridades de la ciudad. Con el cristianismo se consuma el rompimiento entre la moral privada y la política pero para que la primera se convierta en un dominio también colectivo: el de la Iglesia. Con la Reforma, la experiencia moral más honda, la religiosa, se vuelve íntima: diálogo de la criatura consigo misma y con su Dios. La gran novedad histórica de los Estados Unidos consiste, como ya dije más arriba, en haber secularizado y generalizado la relación íntima del cristiano con Dios y con su conciencia; en seguida, y esto es quizá lo esencial, en haber invertido la relación: supeditar lo público a lo privado.

Los antecedentes de este gran cambio están ya en los siglos XVII y XVIII, en pensadores como Locke y Rousseau, que ven en el pacto social de los orígenes el fundamento de la sociedad y del Estado.[3] Pero en ellos la idea del contrato social aparece *frente* a una sociedad ya constituida y así se presenta como una crítica a un estado de cosas existente. Locke, por ejemplo, se propone refutar la doctrina del derecho divino de los reyes; Rousseau, por su parte, concibe el pacto social como un acto anterior a la historia y desfigurado por ésta a través de la propiedad privada y la desigualdad. En la fundación de los Estados Unidos estas ideas sufren un cambio radical. La posición de los términos se invierte: el contrato social no está antes de la historia sino que se transforma en un proyecto. O sea: no es ya sólo el pasado sino un programa cuyo campo de realización es el futuro. Asimismo, el espacio en que se realiza el con-

3. Es revelador que, en el pensamiento político español e hispanoamericano de la época moderna, sea apenas perceptible la presencia de los neotomistas hispanos, que fueron los primeros en ver en el consenso social el fundamento de la monarquía misma. Esta insensibilidad es un ejemplo más de un hecho bien conocido: la adopción de la modernidad coincidió con el abandono de nuestra tradición, incluso de aquellas ideas que, como la de Suárez y Vitoria, estaban más cerca del moderno constitucionalismo que las especulaciones de los calvinistas.

trato no es una tierra con historia sino un continente virgen. El nacimiento de los Estados Unidos fue el triunfo del contrato voluntario sobre la fatalidad histórica, el de los fines privados frente a los fines colectivos y el del futuro sobre el pasado.

En el pasado se concebía a la historia como una acción colectiva —una gesta— destinada a realizar un fin que trascendía a los individuos y a la sociedad misma. La sociedad refería sus actos a un fin exterior a ella y su historia encontraba sentido y justificación en una metahistoria. Los depositarios de esos fines eran el Estado y la Iglesia. En la Edad Moderna la acción de la sociedad cambia de naturaleza y de sentido. Los Estados Unidos son la expresión más completa y pura de ese cambio y de ahí que no sea exagerado decir que son el arquetipo de la modernidad. Los fines de la sociedad norteamericana no están más allá de ella ni son una metahistoria: están en ella misma y no se pueden definir sino en los términos de la conciencia individual. ¿En qué consisten esos términos? Ya lo dije: esencial y primordialmente, en la relación del individuo con Dios y consigo mismo; de una manera subsidiaria: con los otros, sus conciudadanos. En la sociedad primitiva el yo no existe sino como fragmento del gran todo social; en la sociedad norteamericana el todo social es una proyección de las conciencias y voluntades individuales. Esa proyección nunca es geométrica: la imagen que nos ofrece es la de una realidad contradictoria y en perpetuo movimiento. Las dos notas, contradicción y movimiento, expresan la vitalidad extraordinaria de la democracia norteamericana y su inmenso dinamismo. Asimismo, nos revelan sus peligros: la contradicción, si es excesiva, puede paralizarla frente al exterior; el dinamismo puede degenerar en carrera sin sentido. Los dos peligros son visibles en la actual coyuntura.

Desde la perspectiva de esta evolución es más fácil comprender la tendencia de los intelectuales norteamericanos a substituir la visión histórica por el juicio moral o, peor aún, por consideraciones pragmáticas y circunstanciales. Moralismo y empirismo son dos formas gemelas de incomprensión de la historia. Una y otra corresponden al básico aislacionismo de la mentalidad norteamericana, que a su vez es la consecuencia natural del proyecto de fundación del país: construir una sociedad a salvo de los horrores y accidentes de la historia universal. El aislacionismo no contiene elementos —salvo negativos— para elaborar una política internacional. Esta observación es aplicable lo mismo a los liberales que a los conservadores. Como es sabido, la significación de estos dos términos no es la misma en los Estados Unidos que en Europa y América Latina. El liberal norteamericano es partidario de la intervención del Estado en la economía y esto lo acerca, más que a los liberales europeos y latinoamericanos, a la social democracia; el conservador norteamericano es un enemigo de la intervención estatal lo mismo en la economía que en la educación, actitudes que no están muy alejadas de las de nuestros liberales. Ahora bien, en materia internacional, las posiciones de los liberales y los conservadores son intercambiables: unos y otros pasan rápidamente del más pasivo aislacionismo al más decidido intervencionismo, sin que estos cambios modifiquen sustancialmente su visión del mundo exterior. Así, no es extraño que, a pesar de sus diferencias, los liberales y los conservadores hayan sido alternativamente intervencionistas y aislacionistas.

Mi descripción de las actitudes de los intelectuales norteamericanos es, no lo niego, muy incompleta. No ignoro la existencia de corrientes más afines a la tradición de la Europa continental y menos tocadas por lo que no es exagerado llamar la excentricidad anglosajona. Por ejemplo, en el pasado reciente algunos escritores marcados por T. S. Eliot —los llamados Fugitivos— buscaron en un mítico Sur un orden de civilización que, en el fondo, no era sino un trasplante de la sociedad europea preindustrial. Un sueño más que una realidad pero un sueño que rompía la soledad histórica de los Estados Unidos y reunía a estos escritores nostálgicos con la historia europea. Movidos por un impulso semejante, aunque en dirección contraria, un grupo de intelectuales neoyorquinos fundó *Partisan Review* (1934). Esta revista pasó del comunismo al trotskismo y de éste a una visión más amplia, viva y moderna de la realidad contemporánea. A través de estos cambios *Partisan Review* no olvidó la relación primordial entre historia y literatura, política y moral. Los editores y colaboradores de *Partisan Review* estaban más cerca, por sus preocupaciones y por su estilo intelectual, de los escritores europeos de ese período —pienso sobre todo en Camus y en Sartre y Merleau-Ponty— que de sus contemporáneos norteamericanos. Lo mismo puede decirse, ya en nuestros días, de otros escritores y personalidades aisladas. Sin embargo, ninguno de ellos, por más notables que hayan sido o sean sus contribuciones, pertenece a la tradición central.

El filósofo John Rawls publicó hace unos años un libro, *A Theory of Justice* (1971), que los entendidos juzgan sobresaliente. El libro, en efecto, sorprende por su rigor y por su elevación moral, en la mejor tradición de Kant: claridad racional y pureza de corazón. Cito esta obra porque, precisamente por su eminencia, es el mejor ejemplo del despego de los norteamericanos por la historia. Rawls se propuso «generalizar y llevar a un orden más alto de abstracción la teoría tradicional del contrato social, tal como la expresaron Locke, Rousseau y Kant». El libro contiene algunos capítulos apasionantes sobre temas como la legitimidad de la desobediencia civil, la envidia y la igualdad, la justicia y la equidad; concluye con una afirmación dual de la libertad y la justicia: son inseparables. Rawls ha elaborado una filosofía moral fundada en la libre asociación de los hombres pero admite que la virtud de la justicia sólo puede desplegarse en una *sociedad bien organizada*. No nos dice cómo se puede llegar a ella ni en qué consiste. Ahora bien, una sociedad bien organizada sólo puede ser una sociedad justa. Aparte de la circularidad del argumento, me inquieta la indiferencia del autor, tan riguroso con los conceptos y los significados, ante la realidad terrible de cinco mil años de historia.

Una teoría de la Justicia es un libro de filosofía moral que omite la política y no examina la relación entre moral e historia. Así está en el polo opuesto del pensamiento político europeo. Para comprobarlo basta con recordar a escritores tan diversos como Max Weber, Croce, Ortega y Gasset, Hanna Arendt, Camus, Sartre, Cioran. Todos ellos vivieron (Cioran todavía la vive) la escisión entre moral e historia; algunos intentaron insertar la moral en la historia o deducir de esta última los fundamentos de una posible moral. Los mismos marxistas —Trotsky, Gramsci, Serge— tuvieron conciencia de la ruptura y trataron de justificarla o de trascenderla de esta o de aquella manera. La lección de uno de estos pensadores, Simone Weil, fue particularmente preciosa pues mostró que la necesidad histórica no puede substituir a la moral y que ésta se funda en la libertad de conciencia; al mismo tiempo, por su vida y por su obra, Simone Weil nos enseñó que la moral no puede disociarse de la historia. La herida de Occidente ha sido la separación entre moral e historia; en los Estados Unidos esa división ha adoptado dos expresiones paralelas: empirismo por un lado y, por el otro, abstracciones morales. Ni uno ni otra puede oponerse con eficacia a la lepra moderna: la confiscación, en los países comunistas y en muchas otras naciones, de la moral por una pseudonecesidad histórica. El secreto de la resurrección de las democracias —y así de la verdadera civilización— reside en restablecer el diálogo entre moral e historia. Ésta es la tarea de nuestra generación y de la siguiente.

Los Estados Unidos fueron los primeros, entre todas las naciones de la tierra, en llegar a la plena modernidad. Los intelectuales norteamericanos se encuentran en la punta extrema de ese movimiento. La tradición que he descrito, muy breve y sumariamente, ha sido en buena parte obra suya; a su vez, ellos son uno de los resultados de esa tradición. Las dos misiones del intelectual moderno son, en primer término, investigar, crear y transmitir conocimientos, valores y experiencias; en seguida: la crítica de la sociedad y de sus usos, instituciones y política. Esta segunda función, heredada de los clérigos medievales, ha sido más y más importante desde el siglo XVIII. Todos conocemos la obra de los norteamericanos en los campos de las ciencias, la literatura, las artes y la educación; también han sido probos y valerosos en la crítica de su sociedad y de sus fallas. La libertad de crítica y de autocrítica ha sido determinante en la historia de los Estados Unidos y en su presente grandeza. Los intelectuales han sido fieles a la tradición que fundó a su país y en la que el examen de conciencia ocupa un lugar central. Ahora bien, esa tradición puritana, al acentuar la separación, es antihistórica y aislacionista. Cuando los Estados Unidos abandonan su aislamiento y participan en los negocios de este mundo lo hacen como el creyente en tierra de infieles.

Los escritores y periodistas norteamericanos tienen una insaciable curiosidad y están muy enterados de la actualidad pero, en lugar de comprender, juzgan. En honor a la verdad, los juicios más acerbos los reservan para sus compatriotas y gobernantes. Es admirable y, sin embargo, insuficiente. En la época de la intervención de su país en Indochina denunciaron, con razón, la política de Washington, sólo que esa crítica, casi exclusivamente de orden moral, omitía generalmente el examen de la naturaleza del conflicto. Los críticos estaban más interesados en condenar a Johnson que en comprender cómo y por qué había tropas norteamericanas en Indochina. Muchos dijeron que ese conflicto «no era suyo», como si los Estados Unidos no fuesen una potencia mundial y como si la guerra de Indochina fuese un episodio local. El aislacionismo ha sido, alternativamente, un arma ideológica de los conservadores y de los liberales. En tiempos del segundo Roosevelt fue utilizado por los primeros y ahora por los segundos. La moral no sustituye a la comprensión histórica y por esto muchos liberales se sorprendieron ante el desenlace del conflicto: la instalación de la dictadura burocrático-militar de Viet-Nam, las matanzas de Pol Pot, la ocupación de Cambodia y Laos por las tropas vietnamitas, la expedición punitiva de los chinos y, en estos días, las hostilidades entre Viet-Nam y Tailandia. Ahora, en la América Central, los liberales repiten las mismas simplezas... La actitud moralizante, aparte de no ser siempre sincera —con frecuencia es una máscara— no nos ayuda a comprender la realidad ajena. Tampoco el empirismo ni el cinismo de la fuerza. La moral, en la esfera de la política, debe estar acompañada de otras virtudes. Entre ellas la central es la imaginación histórica. Fue la facultad de Vico y Maquiavelo, de Montesquieu y de Tocqueville. Esta facultad intelectual tiene una contrapartida en la sensibilidad: la simpatía por el otro y los otros.

La imagen de los Estados Unidos no es tranquilizadora. El país está desunido, desgarrado por polémicas sin grandeza, corroído por la duda, minado por un hedonismo suicida y aturdido por la gritería de los demagogos. Sociedad dividida, no tanto vertical como horizontalmente, por el choque de enormes y egoístas intereses: las grandes compañías, los sindicatos, los «farmers», los banqueros, los grupos étnicos, la poderosa industria de la información. La imagen de Hobbes se vuelve palpable: todos contra todos. El remedio es recobrar la unidad de propósito, sin la cual no hay posibilidad de acción, pero ¿cómo? La enfermedad de las democracias es la desunión, madre de la demagogia. El otro camino, el de la salud política, pasa por el examen de conciencia y la autocrítica: vuelta a los orígenes, a los fundamentos de la nación. Es el caso de los Estados Unidos: a la visión de los fundadores. No para repetirlos: para recomenzar. Quiero decir: no para hacer lo mismo que ellos sino para, como ellos, comenzar de nuevo. Esos comienzos son, a un tiempo, purificaciones y mutaciones: con ellos comienza siempre algo distinto. Los Estados Unidos nacieron con la modernidad y ahora, para sobrevivir, deben enfrentarse a los desastres de la modernidad. Nuestra época es atroz pero los pueblos de las democracias de Occidente, a su cabeza los norteamericanos, anestesiados por cerca de medio siglo de prosperidad, se empeñan en no ver la gran mancha que se extiende sobre el planeta. Bajo la máscara de ideologías pseudomodernas, regresan a nuestro siglo viejas y terribles realidades que el culto al progreso y el optimismo imbécil de la abundancia creía enterradas para siempre. Vivimos una verdadera *Vuelta* de los tiempos. Hace más de un siglo, ante una situación menos amenazante que la contemporánea, Melville escribió unas líneas que los norteamericanos, hoy, deberían leer y meditar:

When ocean-clouds over inland hills
Sweep storming in late autumn brown,
And horror the sodden valley fills,
And the spire falls crashing in the town,
I muse upon my country's ills —
The tempest bursting from the waste of Time
On the world's fairest hope linked with man's foulest
*   crime.*
Nature's dark side is heeded now...

III

EL IMPERIO TOTALITARIO

POLIFEMO Y SUS REBAÑOS

Desde su nacimiento en 1917 se discute sobre la verdadera naturaleza histórica de la Unión Soviética. Los primeros en poner en duda que el nuevo régimen fuese realmente una «dictadura del proletariado», en el sentido que Marx y Engels daban a esta expresión, fueron los mencheviques y los marxistas europeos, sobre todo los alemanes y los austriacos. Los anarquistas, por su parte, inmediatamente denunciaron al régimen como una dictadura capitalista estatal. Ni Lenin ni Trotsky dijeron nunca, como más tarde lo afirmaría Stalin, que la Unión Soviética era un país socialista. Según Lenin se trataba de un régimen de transición: el proletariado había tomado el poder y preparaba las bases del socialismo. Lenin, Trotsky y los otros bolcheviques esperaban que la revolución obrera europea, sobre todo en Alemania, cumpliría al fin la profecía de Marx y Engels: el socialismo nacería en los países industriales de Occidente, los más avanzados y con una clase obrera dueña de una tradición de luchas democráticas. Sin embargo, en 1920, en un discurso en el que critica a Trotsky con acerba vehemencia, Lenin dijo: «El camarada Trotsky habla de un Estado obrero. ¡Eso es una abstracción! Era normal que, en 1917, hablásemos de un Estado obrero... pero hoy nuestro Estado es más bien un Estado con una deformación burocrática. Ésta es la triste etiqueta que debemos pegarle... El proletariado, ante un Estado así, debe defenderse...» Palabras pronunciadas en 1920 y que hoy, en 1980, después de las huelgas y represiones de Hungría, Checoslovaquia y Polonia, poseen una lúgubre resonancia.

Años más tarde Trotsky recogió la crítica que le había hecho Lenin y la hizo suya. En 1936, en plena lucha contra Stalin y su teoría del «socialismo en un solo país» —una incongruencia desde la perspectiva del marxismo auténtico pero una incongruencia que ha sido repetida por miles de intelectuales que se dicen marxistas— publicó *La Revolución Traicionada*. Fue la primera tentativa seria por descifrar la verdadera naturaleza del nuevo animal histórico: el Estado soviético. Para Trotsky era una «sociedad intermedia entre el capitalismo y el socialismo» y en la que «la burocracia se ha convertido en una casta incontrolada, ajena al socialismo». Trotsky pensaba que las luchas sociales resolverían en un sentido o en otro la ambigüedad del Estado obrero degenerado: o restauración del capitalismo por la burocracia o derrocamiento de la burocracia por el proletariado e instauración del socialismo. Así, se resistía a admitir la prolongación de la dominación burocrática *sin* recaída en el capitalismo. Sin embargo, un poco después, en su polémica con Max Schachtman y James Burham (1937-1940) llegó a admitir, a regañadientes, la posibilidad de que la situación se prolongase; en ese caso, la burocracia podría constituirse en una nueva clase opresora e instituir un nuevo régimen de explotación. Comparaba esta eventualidad, no sin razón, al advenimiento de los siglos oscuros después de la caída de la Antigüedad.[1]

En 1939 un marxista italiano, Bruno Rizzi, publicó *La bureaucratisation du monde*, un libro poco citado pero muy plagiado. En forma embrionaria, más intuitiva que científica, Rizzi postula por primera vez, no ya como una posibilidad remota sino como una realidad visible en la Rusia de Stalin y en la Alemania de Hitler, la idea de un nuevo régimen que sucedería al capitalismo y a la democracia burguesa: el colectivismo burocrático. Hipótesis que ha corrido con buena fortuna: James Burham la adoptó y después, de una manera independien-

1. Cf. León Trotsky, *In defense of Marxism*, 1942. La edición francesa es más completa: *Défense du Marxisme*, 1976.

te, la descubrió y la desarrolló Milovan Djilas (*The New Class*, 1957). Los ensayos de Kostas Papaioannou publicados en *Le Contrat Social* y en otras revistas, menos empíricos que los de Rizzi y Djilas, fueron escritos dentro de la gran tradición de la historiografía moderna y son una contribución notable al estudio de la génesis de la nueva clase. En su libro sobre la sociedad post-industrial Daniel Bell ha dedicado al tema páginas penetrantes y esclarecedoras. También son notables los estudios históricos de François Fejto. En el campo de la reflexión filosófica sobre la naturaleza del comunismo son capitales los trabajos de Leszek Kolakowski; en el de la sociología histórica y política los análisis de Raymond Aron han despejado el camino y nos han iluminado a todos. Otros autores —Wittfogel, Naville, Bettelheim— se han detenido en las peculiaridades de las estructuras económicas soviéticas: ¿capitalismo de Estado o monopolio burocrático o modo de producción asiático?

Para Hanna Arendt y, más recientemente, para Claude Lefort, la verdadera novedad es de orden político: la historia no había conocido nada semejante al sistema totalitario moderno. En efecto, los únicos ejemplos son sociedades remotas como el Egipto faraónico y, sobre todo, el Imperio chino. Los estudios de Etienne Balazs (*La bureaucratie céleste*, 1968) nos iluminan doblemente: por una parte, la prolongada dominación de los mandarines muestra que el régimen burocrático, contra lo que Trotsky pensaba, no es transitorio y que puede durar no decenios sino siglos y milenios; por otra, las diferencias entre el Imperio chino y la Unión Soviética son enormes y casi todas favorables al primero. Alain Besançon destaca la función privilegiada de la ideología dentro del sistema —es una realidad ilusoria pero más real que la humilde realidad real— y propone que se llame al sistema: *ideocracia*. Cornelio Castoriadis subraya la naturaleza dual del capitalismo burocrático: es una sociedad de castas dominada por una burocracia ideológica y es una sociedad militar. Rusia ha pasado insensiblemente, dice Castoriadis, del régimen de dominación del partido comunista a otro en el que las realidades y consideraciones militares son las primordiales y de ahí que la llame *estratocracia*.[2]

La lista de las interpretaciones y las denominaciones pueden prolongarse pero la verdad es que la querella taxonómica reposa sobre un acuerdo. Ningún autor serio sostiene hoy, en 1980, que la Unión Soviética es un país socialista. Tampoco que sea, como creían Lenin y Trotsky, un Estado obrero deformado por la excrecencia burocrática. Si pensamos en las instituciones y realidades políticas, es un despotismo totalitario; si nos detenemos en las estructuras económicas, es un vasto monopolio estatal con formas peculiares en la transmisión del uso, el goce y el disfrute de las riquezas y los productos (no el título de propiedad sino ese equivalente de las acciones de las sociedades anónimas capitalistas que es figurar en las listas de la *Nomenklatura* [Voslensky] o poseer un carnet del Partido comunista ruso); si reparamos en las divisiones sociales, es una sociedad jerárquica con muy escasa movilidad, en la que las clases tienden a petrificarse en castas y dominada en la cúspide por una nueva categoría a un tiempo ideológica y militar: *ideocracia* y *estratocracia*, todo junto. Esta última descripción es particularmente justa: la Unión Soviética es una sociedad hecha a imagen y semejanza del partido comunista. Ahora bien, el modelo dual del partido bolchevique ha sido la Iglesia y el Ejército: sus miembros son clérigos y soldados; su ideal de comunidad, el convento y el cuartel. El cemento de la fusión

2. El tema, como se ve por esta incompleta recapitulación, es inmenso y provoca sin cesar nuevas reflexiones. Precisamente cuando me disponía a enviar estas páginas a la imprenta, recibí el libro de Edgar Morin: *De la nature de l'URSS* (1983). Morin ve el totalitarismo ruso como un sistema de dominaciones superpuestas, una englobando a la otra a la manera de las «cajas chinas»: el Estado confisca a la sociedad civil, el Partido al Estado, el Comité Político al Partido y el Aparato (Secretariado) al Comité. En la cúspide la dominación es dual: la Policía vigila al Aparato y el Aparato controla a la Policía. El Aparato no es exactamente la burocracia: no es una clase *dentro* sino *sobre* el Estado. Ahora bien, al confiscar a la nación, el Aparato se apropió del nacionalismo y el imperialismo ruso. Así, por una parte, la URSS es un totalitarismo y, por otra, sin contradicción, un imperialismo.

entre el orden religioso y el orden militar es la ideología.

A pesar de su apariencia de gran mole de hielo y hierro, la Unión Soviética se enfrenta a contradicciones no menos sino más profundas que la Unión Americana. La primera es básica y está inscrita en su naturaleza misma: Rusia es una sociedad jerárquica de castas y es una sociedad industrial. Por lo primero está condenada al inmovilismo; por lo segundo, al cambio. La movilidad social es casi nula pero las transformaciones industriales, sobre todo en el dominio de la industria pesada y la tecnología militar, son notables. En Rusia las cosas cambian, no los hombres. De ahí el costo inmenso, en vidas y en trabajo humano, de la industrialización. La inhumanidad de la industria, rasgo presente en todas las sociedades modernas, se acentúa en la URSS porque primordialmente la producción no está orientada a satisfacer las necesidades de la población sino la política del Estado. Lo más real, los hombres, está al servicio de una abstracción ideológica. Ésta es una forma de enajenación que Marx no previó.

Por una parte, fosilización social y política; por la otra, continua renovación técnica e industrial. Esta contradicción, fuente de injusticia y desigualdad, provoca tensiones que el Estado sofoca con los métodos de todas las dictaduras: el reforzamiento del aparato represivo y una política de expansión exterior. Imperio y policía: estas dos palabras revelan que, a pesar de las diferencias considerables que los separan, hay una clara continuidad histórica entre el Estado burocrático y el zarista. Poseído por una ideología no menos expansionista que el antiguo mesianismo paneslavo, el Estado ruso ha creado una poderosa máquina de guerra alimentada por una gigantesca industria militar. Entre todas las desigualdades de esa sociedad, quizá la más impresionante es la desproporción entre el nivel de vida de la población —bastante bajo, incluso comparado con el de checos, húngaros y polacos— y la enorme potencia militar del Estado. Con notable ignorancia del pasado reciente, se ha vuelto a discutir en los cafés y en las Universidades si Rusia es o no socialista. Engels resolvió de antemano la cuestión cuando llamó al capitalismo de Estado de Bismarck: «socialismo de cuartel».

Aunque desde 1920 abundan los libros y las informaciones sobre la realidad real de Rusia, muchos en Occidente y en la América Latina —especialmente los intelectuales pero también no pocos políticos liberales y conservadores, burgueses progresistas, clérigos y católicos de izquierda— prefirieron durante años y años no enterarse. El informe de Kruschef destapó la olla. Un poco después aparecieron los primeros textos de los disidentes. Desde entonces ya no es posible afectar ignorancia. Más afortunado que Pascal en su polémica contra los jesuitas, Solyenitzin logró conmover al mundo. Su influencia ha sido tal que incluso convirtió a los cenáculos literario-filosóficos de París; en menos de cinco años hemos sido testigos del abandono de las variedades de la escolástica marxista que dominaban a las universidades europeas. Hasta «les precieuses ridicules» han dejado de citar a los *Grundisse* y a *Das Kapital*. Sin embargo, por más grande que haya sido en el exterior la influencia de los disidentes —rusos, polacos, checos, rumanos, húngaros, cubanos— sus posibilidades de acción en el interior de sus países son extremadamente limitadas. Los disidentes han mostrado que hay un abismo entre la realidad real y la realidad ideológica; sus descripciones han sido exactas pero sus diagnósticos lo han sido menos y sus remedios resultan inoperantes.

No es fácil saber cuál será la evolución de la sociedad rusa. Sí lo es prever que la contradicción que he descrito sumariamente va a acentuarse más y más en el futuro inmediato y que se agravará apenas desaparezca la generación de septuagenarios que hoy dirige la URSS. Los disidentes intelectuales conocidos en Occidente son sólo una manifestación política y religiosa de la contradicción básica. Cualquiera que haya tenido acceso a la vida intelectual rusa en las Universidades y centros científicos —lo mismo puede decirse de los países satélites— descubre inmediatamente que la ideología oficial, el marxismo-leninismo, se ha convertido en un catecismo que todos recitan pero en el que nadie cree. La erosión de la ortodoxia estatal es un aspecto del divorcio entre la realidad y la ideología; otras manifestaciones de esta contradicción son la inquietante reaparición del paneslavismo, la nostalgia por la autocracia zarista, el antisemitismo y el nacionalismo granruso. El pasado de Rusia está vivo y regresa.

Más profundamente aún que esas tendencias ideológicas, se agitan otras aspiraciones que aún no aciertan a expresarse pero cuyas demandas son más amplias y más concretas que las de los intelectuales. Por ejemplo, todos los viajeros han observado la avidez de la población urbana por adoptar las formas de vida de Occidente, especialmente las norteamericanas. No es exagerado hablar de la «americanización» de la juventud de las grandes ciudades. La fascinación ante la sociedad de Occidente no se detiene en la imitación de sus manifestaciones más lamentables como el «consumismo». Apenas si es necesario recordar que los trabajadores rusos carecen de los derechos sindicales básicos, tales como los de huelga, asociación, reunión y libre afiliación. ¿Es posible crear un poderoso Estado industrial con un proletariado pasivo y desmoralizado, cuya única forma de lucha es el alcoholismo, la pereza y el sabotaje? ¿Cómo hará frente el fosilizado régimen ruso a la doble exigencia de los que piden más libertad (los intelectuales) y de los que piden más y mejores bienes de consumo (el pueblo)?

La revuelta de los obreros polacos está destinada a tener una influencia inmensa lo mismo en Rusia que en los países satélites. No importa que el ejército polaco haya aplastado la revuelta de Polonia: desde la revuelta de Cronstadt, reprimida por Lenin y Trotsky en 1921, hasta las huelgas de Polonia en 1981, no se ha interrumpido la cadena de sublevaciones y motines populares en contra de las burocracias comunistas. No tenemos noticias de los trastornos en la Unión Soviética —aunque los relatos de Solyenitzin y los otros disidentes han disipado un poco nuestra ignorancia— pero los sucesos de Hungría, Checoslovaquia y Polonia están en la mente de todos, como lo está la fuga de los cien mil cubanos por Puerto Mariel.

Además de esta contradicción interna, el sistema burocrático ruso se enfrenta a otra que, aunque se manifiesta dentro de sus fronteras, hay que llamar exterior. Como los Estados Unidos, la Unión Soviética es un conglomerado de grupos de distintos orígenes. Pero ahí termina la semejanza. La población de los Estados Unidos está compuesta por inmigrantes (salvo los pieles rojas y una parte pequeña de la población de origen mexicano) que fueron sometidos a ese sistema de integración y asimilación que se llama *melting-pot*. El experimento dio resultado: los Estados Unidos son un país con rasgos propios y acentuada originalidad. Es verdad que el *melting-pot* dejó afuera a negros, chicanos y otros; además, no ha disuelto las características nacionales de cada grupo. No obstante, es claro que el proceso de unificación e integración está muy avanzado y es irreversible. Todos los ciudadanos norteamericanos, sin excluir a los más discriminados, sienten que pertenecen al mismo país, hablan la misma lengua y, en su abrumadora mayoría, profesan la misma religión.

La expansión imperial zarista ocupó militarmente muchos territorios y sometió a las poblaciones. Aunque la situación ha cambiado, las naciones no han desaparecido; la URSS es un conjunto de pueblos distintos cada uno con su lengua, su cultura y su religión. Dentro de ese conglomerado, Rusia propiamente dicha (República Socialista Federativa Soviética Rusa) domina a las demás. Así, dos rasgos caracterizan, desde el punto de vista de las nacionalidades, a la URSS: la heterogeneidad y la dominación. La URSS es un imperio en la acepción clásica de la palabra: un conjunto de naciones dispersas sin relación entre ellas —cada una con lengua, cultura y tradición propias— sometidas a un poder central.

Las tensiones nacionales dentro del imperio ruso, como es sabido, son frecuentes y permanentes. El nacionalismo de los ucranianos sigue vivo todavía, a pesar de las persecuciones; lo mismo puede decirse de los bálticos, los tártaros y las otras naciones. Las contradicciones nacionales, según la escritora francesa Hélène Carrere D'Encausse (*L'Empire Eclaté*, 1979), están destinadas a jugar en la URSS un papel aún más determinante que las contradicciones sociales e ideológicas. Es posible que tenga razón: la historia del siglo xx no ha sido la historia de la lucha de clases sino la de los nacionalismos combatientes. El caso de las naciones soviéticas que profesan la fe mahometana posee una significación particular. Son pueblos que han conservado su identidad nacional y cultural; su crecimiento demográfico ha sido extraordinario y en unos cuantos años serán las dos quintas partes de la población soviética. Ahora bien, el renacimiento del Islam, religión beligerante, es un hecho que ha marcado a nuestra época; es imposible que se detenga a las puertas de la URSS. El Estado burocrático ruso no ha logrado resolver ni la cuestión nacional ni la cuestión religiosa, dos cuestiones que son una y la misma para la tradición islámica. En un futuro no demasiado lejano el gobierno de Moscú tendrá que enfrentarse, dentro de sus fronteras, al triple reto del Islam: el religioso, el nacional y el cultural.

En el interior de estas dos grandes contradicciones —la social y económica, la étnica y religiosa— proliferan otras de orden lingüístico, cultural, político. Su acumulación es, a un tiempo, compleja y explosiva. El Estado ruso ha evitado hasta ahora el estallido por los dos medios usuales en todas las dictaduras: la represión y la desviación hacia el exterior de los conflictos internos. El terror de la época de Stalin ha sido único en la historia y sólo puede compararse al de su contemporáneo y rival Hitler. Los grandes exterminadores del pasado —Gengis Kan, Atila, Tamerlán, los monarcas asirios que asolaron el Asia Menor con el *Terror Assyriacus*— son figuras modestas al lado de estos dos azotes del siglo xx. Es imposible soslayar la influencia que ha tenido el terror en la domesticación del espíritu público ruso. Después de Stalin hubo un período de alivio: la política de reformas de Kruschef. Se quedó a medias y duró poco; Brejnev la congeló y el régimen de Rusia —sin los excesos de Stalin— sigue siendo un régimen policíaco y despótico. No es fácil, por otra parte, liberalizarlo sin poner en peligro a la casta dominante y a sus privilegios. En Rusia no existe ese espacio político libre —arena donde las clases y los grupos se afrontan, avanzan, retroceden y pactan— que ha hecho posible las conquistas obreras desde hace más de un siglo. A la creciente presión social, la *Nomenklatura* —como se llama en Rusia a la clase privilegiada— opone una rigidez también creciente. Así, la sociedad vive bajo una doble amenaza: la petrificación o el estallido.

Desde hace más de diez años el gobierno soviético persigue una franca política de expansión. Este movimiento, por una parte, es la consecuencia de los errores y las vacilaciones de la política exterior norteamericana; por la otra, es la válvula de escape a las tensiones y conflictos internos. En los años próximos, ante el carácter indomable de las contradicciones sociales y nacionales, el gobierno ruso buscará como salida la expansión hacia el exterior. Hasta ahora la expansión política ha sido acompañada por la ocupación militar o, en casos como los de Polonia, Checoslovaquia, Cuba y Viet-Nam, ha hecho depender de la ayuda militar rusa la supervivencia de los gobiernos de esos países. La Unión Soviética ha vuelto a la antigua concepción del imperialismo, que identificaba la dominación con el poder directo sobre los territorios, los gobiernos y las poblaciones. La paradoja es que la URSS no tiene necesidad ni de los territorios ni de las riquezas naturales de los otros países (necesita su tecnología pero ésta la obtiene fácilmente a través de los créditos y del comercio con Europa, Japón y los Estados Unidos). Así, la función primordial de la expansión soviética es trasladar al exterior las contradicciones internas. Además, la ideología imperial —o como dicen los chinos: el «chovinismo» de gran potencia— heredada del zarismo y combinada con el mesianismo marxista-leninista.

A estas circunstancias hay que agregar otra señalada por Cornelio Castoriadis en un luminoso ensayo (*Devant la guerre*, 1981). Como ya indiqué más arriba, para Castoriadis la URSS se ha convertido en una *estratocracia* (stratos = ejército); la burocracia comunista, con el arma de la ideología, impuso el terror a la sociedad civil; ahora la ideología, como todos sabemos, se ha evaporado, dejando como residuos en la conciencia social y en la práctica el cinismo, la venalidad y la hipocresía.

El vacío ideológico ha sido ocupado, dice Castoriadis, por las consideraciones de orden militar y, consecuentemente, el Ejército tiende más y más a substituir al Partido. La sociedad militar es una sociedad *dentro* de la sociedad rusa. En el sentido amplio de la palabra —o sea: en el de complejo técnico, científico, económico e industrial— «el Ejército es el único sector verdaderamente moderno de la sociedad rusa y el único que funciona efectivamente». El Estado militar ruso, como todos los Estados militares, sólo sabe —sólo puede— hacer bien una cosa: la guerra. La diferencia con el pasado es que los antiguos Estados Militares no disponían de armas nucleares.

ALIADOS, SATÉLITES Y RIVALES

La relación de los Estados Unidos con sus amigos y sus clientes se ha vuelto crítica. Es una consecuencia tanto de sus fracasos últimos como de la índole de su dominación. Para calificar a esta última se usa el término *imperialismo*; la verdad es que le conviene más el de *hegemonía*. Los diccionarios definen a la hegemonía como la *supremacía* de un Estado sobre otros, entendiendo esa supremacía como «influencia predominante». El imperio, en cambio, implica soberanía no sólo sobre los pueblos sometidos sino sobre los territorios. La dominación norteamericana sobre la América Latina ha sido hegemónica: casi nunca se ha ejercido directamente, como en el caso de los imperios, sino a través de la influencia sobre los gobiernos. Esa influencia, como es sabido, es distinta en cada caso y deja un margen más o menos amplio para la negociación. Aunque en muchas ocasiones los Estados Unidos no han vacilado en intervenir militarmente, esas intervenciones han sido vistas siempre como violaciones al derecho. Al principio de su carrera, los Estados Unidos sí acudieron a la expansión militar típicamente imperialista y se apropiaron de territorios que eran mexicanos o que eran todavía dominios españoles. Pero desde principios de siglo la hegemonía norteamericana tuvo objetivos primordialmente económicos y subsidiariamente políticos y militares. Durante los últimos años la situación se ha alterado: una y otra vez los Estados Unidos han tenido que aceptar en la América Latina gobiernos que no son de su agrado. En un extremo, Cuba; en el otro, Guatemala. Entre ambos, una gama que va de Nicaragua a Chile.

En los otros continentes, la situación no es distinta. Europa Occidental y Japón han mostrado que son socios y no criados de Washington. La política internacional de Francia ha sido tradicionalmente nacionalista y su independencia frente a los Estados Unidos incluso puntillosa. La República Federal de Alemania, desde Brandt, ha buscado una vía independiente. Puede discutirse si ha sido prudente la política de los gobiernos de Alemania y Francia o si ha sido inspirada, al menos en parte, por el antiamericanismo que prospera lo mismo entre los nacionalistas franceses que entre los socialistas y socialdemócratas de los dos países. Algunos, en la derecha, han invocado el precedente del general De Gaulle que, hace años, emprendió una política semejante. Sin embargo sus objetivos eran distintos: se proponía, hasta donde fuese posible, restablecer el equilibrio de poderes. Eran los años de la superioridad norteamericana, mientras que hoy la relación de fuerzas ha cambiado. Pero lo que sí es indiscutible es que la política exterior de París y de Bonn están fundadas en la libre consideración, justa o equivocada, de los intereses nacionales de la República Federal y de Francia.

En el Medio Oriente y en Asia las condiciones son análogas. La relación entre los Estados Unidos e Israel es *sui generis* y no puede reducirse al simplismo de la dependencia. Los israelíes tienen tanta necesidad de las armas norteamericanas como los Presidentes de Estados Unidos del voto y de la influencia de los judíos norteamericanos. Otro tanto sucede con Egipto y Arabia Saudita: las necesidades de unos y otros son mutuas y recíprocas. La India, entre Paquistán y China, cultiva una política independiente, con frecuencia más cerca de Moscú que de Washington. Paquistán no depende enteramente de los Estados Unidos y, desde hace mucho, tiene una relación especial con China. En cuanto al núcleo del sistema, es decir, los Estados Unidos, Europa Occidental, Japón, Australia y Canadá: es una alianza de intereses y un consenso sobre el valor de ciertas instituciones y principios, como la democracia representativa, el respeto a las minorías y los derechos humanos. Ese consenso no es una ortodoxia. Por todo esto, el problema de la política internacional de Estados Unidos es el mismo que el de su política interior: ¿cómo encontrar, dentro de la pluralidad y diversidad de voluntades e intereses, unidad de propósito y de acción?

La relación de la Unión Soviética con los países que pertenecen a su órbita es muy distinta. La relación es política, militar e ideológica, todo junto y fundido en una sola realidad. Todos esos países están unidos por una misma doctrina. La versión canónica de la doctrina es la de Moscú, el poder central. Es verdad que el Estado ruso se ha vuelto un poco más tolerante que en la época de Stalin y que permite los desplantes de Rumania y levantó la excomunión contra Tito; sin embargo, los márgenes de interpretación de la doctrina siguen siendo muy estrechos y cada diferencia política se transforma inmediatamente en herejía. Como en las teocracias de la Antigüedad, el sistema comunista realiza la fusión entre el poder y la idea. Así, toda crítica a la idea se vuelve conspiración contra el poder; toda diferencia con el poder, sacrilegio. El comunismo está condenado a engendrar cismas, a multiplicarlos y a reprimirlos.

Las ortodoxias con pretensiones universalistas y exclusivistas tienden sucesivamente a la escisión y a su persecución. El precedente del cristianismo es aleccionador. El Estado-Iglesia de Constantino y sus sucesores impidió que la doctrina se dispersase en cientos de sectas, pero el costo fue enorme: el Estado teólogo fue también Estado inquisidor. Con mayor furia que los obispos y los monjes, el Estado soviético ha perseguido a todas las desviaciones. Sus relaciones con los gobiernos satélites reproducen esta concepción teocrática de la política. A su vez cada uno de los gobiernos satélites postula una versión de la doctrina que es igualmente canónica y universal... dentro de sus fronteras. La doctrina, como la imagen en un espejo roto, se multiplica y cada fragmento se ostenta como la versión original, única y auténtica. La universalidad está siempre en peligro de identificarse con esta o aquella versión nacional. Moscú ha logrado impedir, hasta cierto punto, la proliferación de las versiones herejes mediante el uso combinado del halago, la intimidación y, cuando ha sido necesario, la fuerza. Si el Estado comunista depende substancialmente de su ayuda militar y económica, como Cuba y Viet-Nam, el problema de la ortodoxia no se presenta siquiera. Lo mismo ocurre cuando los gobiernos, para sostenerse en el poder, necesitan los tanques soviéticos: Hungría, Checoslovaquia, Polonia.

El caso de Afganistán revela la tendencia del Estado ruso a hacer de la ideología la sustancia misma de la política. (Curiosa perversión del idealismo: sólo es real la ideología.) La aventura rusa en Afganistán es el reverso simétrico de lo que fue la política del Imperio Británico. A lo largo del siglo pasado, los ingleses intentaron dominar a los afganos; aunque nunca lo lograron del todo, al menos impidieron que el país cayese en manos de la Rusia zarista. El único gobierno que tenía derecho a tener una misión diplomática en Cabul era la Gran Bretaña. Pero a los ingleses jamás se les ocurrió convertir a los afganos ni a la religión anglicana ni a la monarquía constitucional. En 1919 Afganistán recobró su independencia y se abrió al mundo. La liquidación del Imperio Británico, después de la segunda guerra mundial, precipitó los acontecimientos. Los norteamericanos sustituyeron a los ingleses. No pudieron contener por mucho tiempo a los rusos. Las circunstancias históricas habían cambiado radicalmente y, además, Washington defendió con desgana esa posición: nunca consideró a Afganistán como un punto estratégico clave. Grave error: desde Alejandro ese país ha sido la puerta del subcontinente indio.

El gobierno soviético, más afortunado que el zarista, se infiltró más y más en el país, sobre todo entre los jóvenes oficiales del Ejército. La política interna de Afganistán favoreció a los rusos. Mohamed Zahir Sha, el rey de Afganistán, ocupó el trono en 1933, después del asesinato de su padre. Era muy joven y el gobierno lo ejercieron sus parientes cercanos, sobre todo su cuñado, Daud Khan, que no tardó en convertirse en Primer Ministro y en el hombre fuerte del régimen. Deseoso de librarse de la tutela de Daud, el rey encabezó una revuelta pacífica de notables. Afganistán se convirtió en una monarquía constitucional y por ley se excluyó del gobierno a los parientes del monarca. Se confió el gobierno a los representantes de la facción ilustrada, decidida a convertir al país en una sociedad moderna. En materia internacional el régimen de Zahir Sha, bajo la dirección del Primer Ministro Hashein Maiwandwal y después bajo del no menos inteligente Ahmed Etemadi, ambos liberales, fue estrictamente neutralista. Era la época en que el movimiento no alineado todavía no se convertía en una agencia de propaganda soviética.

Daud era un hombre del pasado. Astuto, brutal y decidido, buscó la amistad con la Unión Soviética. Se alió con los oficiales pro-soviéticos (casi todos ellos habían estudiado en las academias militares rusas) y en un incruento golpe de Estado fue destronado Zahir Sha. Se proclamó la república y Daud fue nombrado Presidente. El golpe de Daud consolidó la presencia predominante de Rusia sobre Afganistán y acabó con los restos de influencia norteamericana y occidental en el país: Afganistán se convirtió en una Finlandia oriental. Pero al gobierno soviético no le bastó esta victoria estratégica y política. Una vez más apareció la ideología: para consumar la dominación rusa había que transformar a Afganistán —un país profundamente religioso, dividido en etnias, tribus y feudos rivales— en una República Popular. Otro golpe de Estado acabó con el poder de Daud —y con su vida. Lo que ocurrió después es conocido: la lucha entre las facciones ideológicas, el terror y sus miles de víctimas, dos nuevos y sangrientos golpes de Estado, la rebelión generalizada contra la dictadura comunista y la intervención armada.

Algunos han comparado la acción rusa con la de los Estados Unidos en Viet-Nam. Comparación engañosa: las diferencias son enormes. Los norteamericanos sostuvieron una guerra profundamente impopular en todo el mundo, inclusive en su propio país; combatieron en un territorio situado a miles de millas del suyo y contra un enemigo pertrechado y ayudado por dos grandes potencias, Rusia y China; la causa vietnamita, además, fue apoyada por una poderosa opinión mundial. En cambio, los rusos operan en un país fronterizo ante un enemigo aislado, carente de organización y mal armado; el Gobierno ruso no tiene en casa una opinión independiente a la que deba rendir cuentas; tampoco se enfrenta a una reprobación internacional: ¿dónde están los intelectuales, los clérigos y los estudiantes que manifiestan en favor de los desdichados afganos como lo hicieron antes por los vietnamitas?

La intervención rusa en Afganistán es un ejemplo más de un hecho bien conocido: el Estado soviético sigue, en sus grandes líneas, la política exterior del régimen zarista. Es una política, como siempre ocurre, dictada por la geografía, madre de la historia; asimismo, responde a una tradición imperial expansionista. En el pasado, la ideología que nutrió a ese expansionismo fue la idea pan-eslava; hoy es el marxismo-leninismo. A este cambio de ideología corresponde otro material e histórico: de potencia europea Rusia ha pasado a ser potencia mundial. Es un destino al que estaba destinada desde su origen, como pudieron adivinarlo algunas mentes lúcidas del siglo XIX, entre ellas la de un español: Donoso Cortés. En 1904 Henry Adams preveía que pronto se enfrentarían dos fuerzas opuestas: la *inercia* rusa y la *intensidad* norteamericana. No se equivocó aunque ¿podría hoy, al referirse a Rusia, hablar de inercia? Los adjetivos que le convienen a su política son, más bien, tenacidad y paciencia. El mismo Adams, en otro pasaje de su autobiografía, acierta al decir: «Rusia must fatally roll —must, by her irresistible inertia, crush whatever stood in her way.» Sí, una aplanadora... El cambio de ideología no ha modificado ni el carácter profundo de esa gran nación ni tampoco los métodos de dominación de su gobierno. Desde el siglo XIX el imperialismo dejó de ser ideológico: fue una expansión política, militar y, sobre todo, económica. Ni los ingleses ni los franceses ni los holandeses intentaron seriamente convertir a los súbditos coloniales, como antes lo habían hecho los musulmanes y los católicos españoles y portugueses. Moscú regresa a la antigua fusión entre el poder y la idea, como los imperios premodernos. El despotismo burocrático ruso es una ideocracia imperialista.

Milan Kundera se escandaliza ante el uso generalizado de la expresión «Europa del Este» para designar a los países europeos gobernados por regímenes satélites de los rusos; esos países, dice el novelista checo, son una parte de Europa occidental y viven una situación que, en el fondo, no es muy distinta a la que experimentaron durante la guerra bajo gobiernos peleles impuestos por los nazis. Tiene razón. Debe agregarse que la dominación rusa sobre esos pueblos ha detenido su marcha histórica. Por ejemplo, Checoslovaquia era un país ya plenamente moderno, no sólo por su notable desarrollo científico, técnico y económico sino por la bondad de sus instituciones democráticas y por la riqueza y vitalidad de su cultura. En esas cuatro naciones (Checoslovaquia, Rumania, Hungría y Polonia: el caso de Bulgaria es distinto y el del régimen comunista alemán es simplemente el resultado de la ocupación rusa), la liberación de los nazis se hizo con la participación de las tropas soviéticas. En Rumania y en Hungría el comunismo se implantó bajo la dirección de los militares rusos; en Checoslovaquia y en Polonia, donde había movimientos populares antinazis y democráticos, el proceso fue más complejo pero la influencia de Moscú fue el factor decisivo que orientó esas naciones hacia el comunismo. Desde entonces la sombra de la Unión Soviética cubre el territorio de todos esos países; sus dirigentes son responsables, primordialmente, ante la autoridad central, Moscú; subsidiariamente, ante sus pueblos.

Los gobiernos de Alemania Oriental, Rumania, Checoslovaquia, Polonia, Hungría y Bulgaria reproducen el modelo totalitario de la metrópoli aunque, claro, hay diferencias entre ellos: el de Rumania es menos dependiente de Moscú que los de Alemania y Checoslovaquia, el de Hungría es más liberal que los otros y así sucesivamente. Pero en todos aparecen los rasgos que definen a las ideocracias comunistas: fusión del Estado y del

Partido o, mejor dicho, confiscación del Estado por el Partido; monopolio político y económico de la oligarquía burocrática; función preponderante de la ideología; transformación de la burocracia en una estratocracia, en el sentido que Castoriadis ha dado a este término. La nota determinante, común a todos esos regímenes, es su dependencia del exterior. La casta burocrático-militar se mantiene en el poder gracias a las tropas rusas.

La lucha que los pueblos europeos sostienen desde hace años contra la dominación rusa y los gobiernos impuestos por Moscú, posee características especiales. En primer término, son países con un pasado nacional muy rico y antiguo; todos ellos, con la excepción de Bulgaria, habían logrado alcanzar la modernidad económica y cultural. Algunos, especialmente Checoslovaquia, vivían bajo avanzadas instituciones democráticas y esto precisamente cuando en otras naciones europeas, como Italia y Alemania, imperaban regímenes fascistas. No es menos notable que la lucha contra la oligarquía comunista haya sido iniciada por la clase obrera. Si es escandaloso el recrudecimiento de la lucha de clases en regímenes que se llaman socialistas, ¿qué decir de la represión que en todos ellos ha desatado la oligarquía comunista, con el apoyo de la Unión Soviética? También es impresionante pensar que los obreros húngaros, checos y polacos luchan por derechos que se les reconocen en el resto del mundo, incluso en los países de América Latina bajo dictaduras militares reaccionarias. Y hay algo más: las luchas por la libertad de asociación y por el derecho de huelga son apenas un aspecto de un movimiento más vasto y que engloba a la población entera. Se trata de una lucha por la conquista de las libertades básicas. A su vez, la batalla por la democracia es inseparable del movimiento por la independencia nacional. Las revueltas contra las oligarquías comunistas buscan no la restauración del capitalismo sino restablecer la democracia y recobrar la independencia. Las sublevaciones de Hungría, Checoslovaquia y Polonia han sido tentativas de resurrección nacional.

No pocos intelectuales europeos y latinoamericanos pretenden equiparar la política de los Estados Unidos con la de la Unión Soviética, como si se tratase de dos monstruos gemelos. ¿Hipocresía, ingenuidad o cinismo? Me parece que lo monstruoso reside en la comparación misma. Los errores, las fallas y los pecados de los norteamericanos son enormes y no pretendo exculparlos. Tampoco disculpo a las otras democracias capitalistas de Occidente y al Japón. La política de todos esos gobiernos frente a Rusia ha sido incoherente y casi siempre débil, aunque interrumpida por desplantes de agresividad retórica; su ceguera frente a los problemas sociales y económicos de las naciones de África, Asia y América Latina, ha sido tan grande como su egoísmo; con frecuencia han sido cómplices de horribles dictaduras militares y, al mismo tiempo, han sido indiferentes ante auténticos movimientos populares (el último ejemplo ha sido su actitud frente al dirigente revolucionario y demócrata nicaragüense Edén Pastora, conocido como el *Comandante Cero*)... Dicho todo esto, hay que agregar que las democracias capitalistas han preservado dentro de sus fronteras las libertades fundamentales. En cambio, la guerra ideológica en el exterior y el despotismo totalitario en el interior son las dos notas *constitutivas* del régimen soviético y de sus países vasallos. No hay traza de ninguna de estas dos plagas en los países democráticos de Occidente. Así, no se trata de defender ni al capitalismo ni al imperialismo sino a unas formas políticas de libertad y democracia que subsisten todavía en Occidente. También existen gérmenes de libertad, a pesar de adversidades sin cuento, en otros países de Asia y América Latina, como India, Ceilán, Venezuela, Costa Rica, Perú, Colombia y otros pocos más. En el Líbano hubo una democracia: ¿será restaurada un día?

Los gobiernos de Occidente respondieron a las intervenciones rusas en Hungría, Checoslovaquia y Polonia con protestas retóricas y con vagas amenazas de sanciones. Para la Unión Soviética los peligros de su política de fuerza no están en las reacciones interesadas y timoratas de los gobiernos de Occidente sino en la reacción de los pueblos sometidos a su dominación. Moscú fortifica los vínculos entre las élites comunistas que ejercen el poder pero limita la capacidad de maniobra y de movimientos de las dos partes. La hegemonía norteamericana está amenazada por la dispersión, la rusa por la rigidez: de allí la frecuencia de los estallidos. En unas pocas ocasiones el Estado soviético se ha mostrado impotente para suprimir las versiones heréticas de la doctrina. La razón: esas versiones se habían convertido en el credo de Estados independientes y capaces de hacerle frente. El primer ejemplo fue Yugoslavia. El caso de Albania es semejante. El cisma más grave y decisivo ha sido el de Pequín. El conflicto con China no tardó en degenerar en escaramuzas fronterizas; más tarde, se extendió a Indochina. Primero las dos potencias combatieron a través de sus aliados, Viet-Nam y Cambodia; después de la agresión vietnamita y la derrota de Pol Pot, los chinos lanzaron una expedición punitiva contra Viet-Nam para darle una «lección». El marxismo se presentó como una doctrina que aboliría la clase asalariada e implantaría la paz universal; la realidad del comunismo contemporáneo nos ofrece una imagen diametralmente opuesta: servidumbre de la clase obrera y querellas entre los Estados «socialistas».

Cualquiera que sea la evolución de China, no es previsible que desaparezcan sus diferencias con la URSS. Al contrario, lo más probable es que se agudicen. Aunque los contendientes pretendan lo contrario, la querella sino-rusa no es ideológica: es una lucha entre dos poderes, no entre dos filosofías. Extraordinaria y reveladora evaporación de la ideología: los fantasmas de Maquiavelo y Clausewitz deben sonreír. China se sabe amenazada por Rusia: éste es el meollo de la cuestión. Sus temores están justificados: no sólo tiene una inmensa frontera con la Unión Soviética sino que entre sus vecinos se encuentra un país enemigo, Viet-Nam, y otro con el que tradicionalmente ha tenido malas relaciones: India. La rivalidad entre China y Rusia comenzó en el siglo XVII. Los rusos se instalaron en las márgenes del Amur en 1650 y el año siguiente levantaron un fuerte en Albazin. En China, al cabo de una serie de trastornos, la dinastía Ming había sido derrocada y en su lugar los invasores manchúes habían entronizado a una nueva dinastía (Ch'ing). Ocupados en pacificar el país y en consolidar su dominio, los manchúes no pudieron al principio hacer frente a los rusos. Un cuarto de siglo después las cosas cambiaron.

En 1661 subió al trono K'ang-hsi. Fue contemporáneo de tres soberanos famosos: Aurangzeb, el gran Mogol de la India, Pedro el Grande de Rusia y Luis XIV de Francia. Según los historiadores, K'ang-hsi no sólo fue el más poderoso entre ellos sino el mejor gobernante, el más justo y humano. Fue un buen militar y un monarca ilustrado; también un poeta distinguido y un verdadero letrado en la tradición confuciana. Esto último no le impidió interesarse en las nuevas ciencias europeas. Tuvo conocimiento de ellas a través de los sabios misioneros jesuitas que en aquellos años vivían en Pequín bajo su patronazgo. En un libro a un tiempo erudito y chispeante, Étiemble relata la intervención de los jesuitas en el conflicto entre los chinos y los moscovitas, como llamaban a los rusos los cronistas de la época.[3] La primera medida de K'ang-hsi fue enviar tropas al Amur, tomar la fortaleza y arrasarla. Pero los moscovitas regresaron con refuerzos, desalojaron a los chinos y reconstruyeron el fuerte. Entonces K'ang-hsi llamó al padre Verbiest. Este jesuita había fabricado los instrumentos del observatorio astronómico imperial. El soberano le pidió que hiciera fundir trescientos cañones; al principio, el sacerdote se negó pero más tarde tuvo que ceder ante el real pedido y en un año fabricó las piezas de artillería. Con la ayuda de los cañones los rusos fueron desalojados y a los pocos meses, en 1689, se firmó el Tratado de Paz de Nerchinsk entre el Emperador de China y el de Moscovia. Fue negociado por otros dos jesuitas, el padre Gerbillon, francés, y el padre Pereira, portugués. Fue redactado en latín y, dice Étiemble, en ese documento se fundan en gran parte las reclamaciones chinas contra la Unión Soviética en materia de fronteras. El Presidente Mao consideraba que el Tratado de Nerchinsk había sido «el último firmado en posición de igualdad entre China y Rusia».

3. Étiemble, *Les Jésuites en Chine*, Gallimard, 1966.

Estados Unidos y Rusia son los centros de dos sistemas de alianzas. Una comparación entre ellos revela, nuevamente, una oposición simétrica. El sistema que une a los norteamericanos con los países de Occidente y con Japón, Canadá y Australia, es fluido y en continuo movimiento. Lo es, en primer término, por la autonomía y la libertad relativa de acción de cada uno de los miembros de la alianza; en segundo lugar, porque todos los Estados que la componen son democracias en las que rige el principio de rotación en el poder de hombres, partidos e ideas: cada cambio de gobierno, en cada país, resulta en un cambio más o menos grande en su política exterior. El sistema ruso no es fluido sino fijo y no se funda en la autonomía de los Estados sino en la sujeción. Primero: cada uno de los gobiernos aliados depende del centro y, puesto que está en el poder gracias al apoyo militar ruso, no está en libertad de desviarse de la línea impuesta desde Moscú (aunque, claro, hay grados de sujeción: Rumania goza de mayor libertad de movimiento que Bulgaria y Hungría que Checoslovaquia); segundo, ni Rusia ni los otros miembros del bloque conocen la rotación periódica de hombres y partidos, de modo que los cambios son muchísimo menos frecuentes. Fluidez y fijeza son consecuencia de la naturaleza de la relación política que une a los miembros de los dos sistemas con sus centros respectivos. El dominio que ejercen los norteamericanos puede definirse, en el sentido recto de la palabra, como hegemonía; el de los rusos, también en sentido lato, como imperio. Los Estados Unidos tienen aliados; la Unión Soviética, satélites.

La situación cambia apenas fijamos la vista en la periferia de los dos sistemas. Los Estados Unidos experimentan grandes dificultades en sus tratos con las naciones de Asia y África. Es cierto que hay países en esos continentes que dependen de la amistad y ayuda de los norteamericanos, pero esa relación no es de sujeción. No se puede decir que sean satélites de Washington los gobiernos de Egipto, Marruecos, Arabia Saudita, Indonesia, Tailandia, Turquía —para no hablar de Israel o de Nueva Zelanda. Las dificultades de los Estados Unidos provienen en buena parte de que son vistos como los herederos de los poderes coloniales europeos. El ejemplo más notable —y el más justificado— de esta identificación fue la guerra de Viet-Nam. La situación en la América Latina es aún menos favorable para los norteamericanos, tanto por sus intervenciones e intromisiones en nuestros países como por su apoyo a las dictaduras militares reaccionarias. Sin embargo, sus relaciones con estas últimas no siempre han sido armoniosas y muchos de esos generales han salido respondones, descomedidos y levantiscos. Por último, aunque están presentes en todo el mundo por su riqueza y por su fuerza militar, los Estados Unidos no proponen una ortodoxia universal ni cuentan en cada país con un partido que vea en ellos la encarnación de esa ideología. Toda su política ha consistido en detener los avances del comunismo ruso y esto los ha convertido en defensores del estado de cosas reinante. Un estado de cosas injusto. Ni los Estados Unidos ni Europa Occidental han sido capaces de diseñar una política viable en los países de la periferia. Les ha faltado no sólo imaginación política sino sensibilidad y generosidad.

La Unión Soviética se enfrenta a una situación muy distinta. No es vista como heredera del imperialismo europeo en Asia y África; tampoco ha intervenido en América Latina, salvo en los últimos tiempos y no directamente sino a través de Cuba. Me refiero a Nicaragua y El Salvador. (Rusos y cubanos niegan esa intervención. Es natural. Es menos natural que varios gobiernos, entre ellos los de Francia y México, así como muchos intelectuales y periodistas liberales —norteamericanos, franceses, alemanes, suecos, italianos— crean esa mentira y la divulguen.) Otra ventaja de Rusia: parte de la opinión de los países latinoamericanos, sobre todo los intelectuales de la clase media, no la ven como un imperio en expansión sino como un aliado contra el imperialismo yanqui. Es verdad que el gobierno soviético hace todo lo posible por disipar esas ilusiones pero sus actos en Hungría, Checoslovaquia, Polonia y Afganistán no han logrado quebrantar la fe de esos creyentes. Apunto, en fin, lo realmente esencial:

Moscú es la capital ideológica y política de una creencia que combina el mesianismo religioso con la organización militar. En cada país los fieles, reunidos en partidos que son iglesias militantes, practican la misma política.

Las naciones democráticas profesan una veneración supersticiosa al cambio, que para ellas es sinónimo de progreso. Así, cada nuevo gobierno se propone llevar a cabo una política internacional distinta a la de su antecesor inmediato. A esta periódica inestabilidad debe añadirse la recurrente aparición de una quimera: llegar a un entendimiento definitivo con la Unión Soviética. Una y otra vez los occidentales han creído no en lo posible —un *modus vivendi* que evite la guerra— sino en lo imposible: una división definitiva de esferas y de influencias que asegure, ya que no la justicia, al menos la paz universal; una y otra vez Rusia ha destruido esos arreglos con un acto de fuerza. Los rusos no conocen esos cambios ni son víctimas de esas ilusiones; su política ha sido la misma desde 1920 y las modificaciones que ha experimentado han sido no de fondo ni dirección sino de orden táctico transitorio. Castoriadis observa con penetración: los rusos no quieren la guerra pero tampoco quieren la paz —quieren la victoria. La política rusa es congruente, perseverante, dúctil e inflexible; además, combina dos elementos que aparecen en la creación de los grandes imperios: una voluntad nacional y una idea universal. Contrasta este proceder, hecho de firmeza y de astucia, paciencia y obstinación, con las oscilaciones e incoherencias de la política norteamericana y con la dejadez y el cansancio de las grandes naciones europeas.

Si en lugar de examinar el *temple* de los Estados en pugna, nos detenemos en la naturaleza de sus instituciones y en la índole de los conflictos internos que los habitan, la visión se aclara. En Estados Unidos y en Occidente las instituciones fueron concebidas para afrontar los cambios, guiarlos y asimilarlos; en Rusia y sus satélites, para impedirlos. La distancia entre las instituciones y la realidad es muy grande en Occidente; en Rusia esa distancia se transforma en contradicción: no hay relación entre los principios que inspiran al sistema ruso y la realidad social. La contradicción se encona aún más si se pasa de la metrópoli a los satélites. La solidez de la Unión Soviética es engañosa: el verdadero nombre de esa solidez es inmovilidad. Rusia no se puede mover; mejor dicho, si se mueve aplasta al vecino —o se derrumba sobre sí misma, desmoronada.

IV

REVUELTA Y RESURRECCIÓN

QUERELLAS EN LAS AFUERAS

Tercer Mundo es una expresión que convendría abolir. El rótulo no es sólo inexacto: es una trampa semántica. El Tercer Mundo es muchos mundos, todos ellos distintos. El mejor ejemplo es la Organización de Países no alineados, conjunto heterogéneo de naciones unidas por una negación. El principio que inspiró a sus fundadores —Nehru, Tito y otros—, era acertado; su función, dentro de la asamblea de las naciones y frente a los abusos de las grandes potencias, debería haber sido crítica y moral. No lo ha sido porque se ha dejado arrastrar por las pasiones ideológicas y porque casi ninguno de esos gobiernos puede dar lecciones de moralidad política a las demás naciones. En realidad, sólo los ha unido la animadversión que sienten muchos de sus miembros contra Occidente. Sentimiento explicable: casi todos esos países han sido víctimas de los imperialismos europeos, ya sea porque fueron sus colonias o porque padecieron sus intrusiones y exacciones. También es natural que no vean con buenos ojos al aliado y cabeza de sus antiguos dominadores, los Estados Unidos. La Unión Soviética ha utilizado con sagacidad estos sentimientos y ha procurado, cada vez con mayor éxito, que la Organización se convierta en tribuna de ataques a los Estados Unidos y Europa Occidental. El error más grave fue haber admitido a países abiertamente alineados, como Cuba. Si la Organización no recobra su antigua independencia, no sólo perderá su razón de ser sino que, como aquel Consejo Mundial de la Paz de la época de

Stalin, acabará por volverse una simple oficina de propaganda.

El fin de los imperios coloniales europeos y la transformación de las antiguas colonias en nuevos Estados puede verse como una gran victoria de la libertad humana. Por desgracia, muchas de las naciones que han alcanzado la independencia han caído bajo el dominio de tiranos y déspotas que se han hecho célebres por sus excentricidades y su ferocidad más que por su genio de gobernantes. El ocaso del colonialismo no fue el alba de la democracia. Tampoco el comienzo de la prosperidad. Allí donde la democracia subsiste todavía, como en la India, persiste también la miseria. La pobreza es uno de los azotes de los países subdesarrollados. Muchos piensan que es el obstáculo principal que impide el acceso de esos pueblos a la democracia. Verdad a medias: precisamente la India es un ejemplo de cómo no son enteramente incompatibles el subdesarrollo y la democracia. Sin embargo, es claro que las instituciones democráticas sobreviven con dificultad ahí donde el proceso de modernización no se ha completado, impera la pobreza y son embrionarios los grupos que constituyen la base de las democracias modernas: la clase media y el proletariado industrial. Pero la democracia no es la consecuencia del desarrollo económico sino de la educación política. Las tradiciones democráticas —la gran contribución inglesa al mundo moderno— han sido mejor y más profundamente asimiladas por la India que por Alemania, Italia y España, para no hablar de América Latina.

Las perversiones que ha sufrido el marxismo durante los últimos años me obligan a recordar que Marx y Engels concibieron siempre al socialismo como una consecuencia del desarrollo y no como un método para alcanzarlo. Una de las lagunas del marxismo —me refiero al verdadero, no a las lucubraciones delirantes que circulan por nuestros países— es la pobreza y la insuficiencia de sus conceptos sobre el subdesarrollo económico. Los grandes autores han dicho poco sobre el tema. Todos ellos, comenzando por Marx y Engels, tuvieron los ojos puestos en los países capitalistas más avanzados.

En todo caso, algo es indudable: los fundadores y sus discípulos —sin excluir a Lenin, Trotsky y Rosa Luxemburgo, para no citar a Kautsky y a los mencheviques— pensaron siempre que el socialismo no está *antes* sino *después* del desarrollo. Sin embargo, muchos intelectuales de los países subdesarrollados han creído y creen que el socialismo es el medio más rápido y eficaz —tal vez el único para salir del subdesarrollo. Creencia nefasta que ha originado la aparición de esos híbridos históricos que habrían consternado a Marx y cuyo nombre mismo es un contrasentido: «socialismos subdesarrollados».

La idea de utilizar al socialismo como agente del desarrollo económico se inspiró en el ejemplo de Rusia. Es verdad que ese país se ha convertido en una potencia industrial, aunque los métodos que usó Stalin para lograrlo fueron la negación del socialismo. Pero no hay nada misterioso en este cambio. Mañana China tal vez será también una gran potencia industrial. Lo mismo ocurrirá con Brasil y probablemente con Australia. La transformación económica de esos países no tiene mucho que ver con el socialismo: todas cuentan con los recursos físicos y humanos que necesita una nación para convertirse en un poder mundial. Lo asombroso es que otros países, con menos recursos y habitantes, hayan logrado, en menos tiempo y con menos sangre y sufrimientos, un desarrollo impresionante: Japón, Israel, Taiwan, Singapur, etc. Lo mismo puede decirse de las diferencias en el desarrollo entre los países europeos bajo la dominación rusa: Alemania del Este, Checoslovaquia, Hungría, Polonia, Rumania; no son atribuibles a diferentes clases de socialismo sino a distintas circunstancias económicas, técnicas, culturales y naturales.

Cuba es la prueba de que el socialismo no es una panacea universal contra el subdesarrollo económico. Cito su caso porque reúne varias condiciones que lo hacen ejemplar. En primer término: una población más o menos homogénea, a pesar de la pluralidad racial, distribuida en un territorio reducido y bien comunicado, con un nivel de vida y, asimismo, de educación pública que, antes de que Castro tomase el poder, era uno de los más altos de América Latina (inferior apenas a Uruguay y Argentina). En segundo lugar, a diferencia de Viet-Nam y Cambodia, Cuba no fue devastada por una guerra. El bloqueo norteamericano ha provocado dificultades a la economía cubana, pero han sido compensadas en parte por el comercio con el resto del mundo y, sobre todo, por la ayuda soviética. Por último: el régimen de Castro ha cumplido un cuarto de siglo, de modo que es posible ya apreciar, con alguna distancia, sus logros y sus fracasos. Se dijo muchas veces y durante muchos años —especialmente por los marxistas— que la razón básica del subdesarrollo cubano y de su dependencia de los Estados Unidos era el monocultivo del azúcar, que ataba la economía de la isla a las oscilaciones y especulaciones del mercado mundial. Creo que esta opinión era justa. Pues bien, bajo el régimen de Castro el monocultivo no ha desaparecido sino que sigue siendo el eje de la economía del país. El «socialismo» no ha logrado que Cuba cambie su economía: lo que ha cambiado es la dependencia.

Otra fatalidad: Asia y África se han convertido en campos de batalla. Como la guerra moderna es transmigrante, no sería imposible que mañana se trasladase a América Central. Todas las guerras de este período han sido periféricas y en todas ellas puede percibirse la combinación de tres elementos: los intereses de las grandes potencias, las rivalidades entre los Estados de las grandes potencias, las rivalidades entre los Estados de la región y las luchas intestinas. Se repite así el modelo tradicional. Basta con dar una ojeada a la historia de las grandes conquistas —sean las de César o las de Cortés, las de Alejandro o las de Clive— para encontrar los mismos elementos: el conquistador invariablemente aprovecha las rivalidades entre los Estados y las divisiones internas. A veces el poder imperial se vale de un Estado satélite para llevar a cabo sus propósitos: Viet-Nam en el sudeste asiático, Cuba en África y la América Central. Los Estados Unidos también se han servido de los regímenes militares de América Latina y otros lugares como instrumentos de su política. Pero les ha faltado contar con aliados activos e inteligentes como las élites revolucionarias que, en muchos países, se han apoderado de los movimientos de independencia y resurrección nacional. En otros casos, los imperios utilizan las querellas intestinas de los países para intervenir militarmente, como en Afganistán.

En el conflicto entre Israel y los países árabes, aunque la madeja con que se teje la historia sea más enmarañada, están a la obra los mismos elementos: los intereses y ambiciones de las grandes potencias; las rivalidades entre los Estados de la región, una situación particularmente complicada porque del lado árabe no hay una ni dos sino varias tendencias; las divisiones internas de cada uno de los protagonistas, como judíos y palestinos en Israel, cristianos y musulmanes en el Líbano, beduinos y palestinos en Jordania, chiitas y sunitas en otros lados, para no mencionar a minorías étnicas y religiosas como los kurdos. El conflicto es un nudo de intereses económicos y políticos, aspiraciones nacionales, pasiones religiosas y ambiciones individuales. Los arreglos entre Egipto e Israel fueron una victoria de la realidad tanto como de la lucidez y el valor de Sadat. Pero fue una victoria incompleta. No habrá paz en esa región mientras, por una parte, Israel no reconozca sin ambages que los palestinos tienen derecho a un hogar nacional y, por otra, mientras los Estados árabes y especialmente los dirigentes palestinos no acepten de buen grado y para siempre la existencia de Israel.

Addenda

Después de publicadas las páginas anteriores, en enero de 1980, los hilos se enredaron en una maraña de sangre. El inicuo asesinato de Sadat no logró el propósito de los fanáticos: continuaron las negociaciones entre Egipto e Israel y las tropas judías evacuaron Sinaí. Pero la muerte del Presidente egipcio ha hecho aún más visible la desolación contemporánea: ninguno de los dirigentes actuales —árabes, judíos y palestinos— ha tenido los tamaños de Sadat, es decir, arrojo, visión y generosidad para repetir su gesto y tenderle la mano al adversario. Judíos y árabes son ramas del mismo tronco no sólo por el origen sino por la lengua, la religión y la historia; si en el pasado pudieron convivir, ¿por qué se matan ahora? En esa terrible lucha la obstinación se ha convertido en ceguera suicida. Ninguno de los contendientes podrá alcanzar la victoria definitiva ni exterminar al adversario. Judíos y palestinos están condenados a convivir.

El pueblo del Holocausto no ha sido generoso con los palestinos y éstos huyeron para refugiarse en Jordania (un Estado inventado por la diplomacia británica). Allá provocaron una guerra civil hasta que fueron aplastados por los beduinos, sus hermanos de sangre y religión. De nuevo fugitivos, se asilaron en el Líbano, un país célebre por la dulzura de sus costumbres y por la pacífica y civilizada convivencia entre musulmanes y cristianos. Los palestinos rehicieron sus guerrillas y convirtieron al Líbano en una base de operaciones contra Israel. Al mismo tiempo, contribuyeron decisivamente, con las tropas de ocupación de Siria, al desmembramiento del país que los había acogido y sostuvieron una guerra feroz con los libaneses cristianos, que habían buscado el apoyo de Israel. Después del arreglo con Egipto, los israelíes pudieron ocuparse del otro frente. Decididos a acabar con los guerrillas, invadieron el Líbano, neutralizaron a las tropas sirias y, con la ayuda de las milicias libanesas cristianas, derrotaron a los guerrilleros palestinos. En el curso de las operaciones, las milicias cristianas asaltaron, con la complicidad del mando israelí, un campo de refugiados palestinos y asesinaron a más de un millar de gente inerme. Fue una venganza cruel que convirtió a los cristianos libaneses, que habían sido las víctimas de los palestinos, en sus victimarios y a los israelíes en copartícipes de un crimen. Así se cerró el círculo: los mártires se volvieron verdugos y convirtieron en mártires a sus verdugos.

El éxito de la operación israelí en el Líbano no se debió únicamente a su superioridad militar. Los judíos contaron con el apoyo de los cristianos y de gran parte de los musulmanes, cansados de la ocupación siria y de los excesos de los palestinos, que habían hecho de Beirut su cuartel general. Se ha constituido un nuevo gobierno libanés y es previsible que las tropas extranjeras —sirias y judías— se retiren del Líbano en los próximos meses. Se abre así la posibilidad de que la paz vuelva a la región, siempre que todos —judíos, jordanos y palestinos— se decidan a entablar negociaciones. Los directamente interesados deben rechazar la injerencia de naciones que, animadas por Moscú, no quieren sino atizar el fuego. Pienso en Siria y, sobre todo, en Libia, dominada por un tirano demagogo, a un tiempo fanático religioso y patrón de terroristas. Por otra parte, el triunfo de Israel puede transformarse en una victoria pírrica si sus gobernantes ceden a la tentación de considerarlo como una solución definitiva del conflicto. La solución no puede ser militar sino política y debe fundarse en el único principio que, simultáneamente, garantiza la paz y la justicia: los palestinos tienen derecho, como los judíos, a una patria.

Es verdad que los métodos de lucha de los palestinos han sido, casi siempre, abominables; que su política ha sido fanática e intransigente; que sus amigos y valedores han sido y son gobiernos agresivos y criminales como el de Libia y las ideocracias totalitarias. Nada de esto, por más grave que haya sido y sea, borra la legitimidad de su aspiración. Cierto, los palestinos han seguido a líderes fanáticos y a demagogos que los han llevado al desastre: si quieren la independencia y la paz, deben buscar otros conductores. Pero hay que aceptar, asimismo, que los cómplices de la demagogia y el fanatismo de los dirigentes palestinos han sido la intransigencia israelí, el egoísmo jordano y la tortuosa política de varios Estados árabes, principalmente Siria y Libia. Durante la segunda guerra mundial, André Breton escribió: «El mundo le debe una reparación al pueblo judío.» Desde que las leí, hice mías esas palabras. Cuarenta años después digo: Israel debe una reparación a los palestinos.

Las peleas y desastres del Medio Oriente se repiten y multiplican en Asia y África. Además de la guerra insensata entre Irán e Irak, hemos sido testigos impotentes de una sucesión de conflictos entre Etiopía y Eritrea, Libia y Sudán, China y Viet-Nam, para citar sólo a los más conocidos. Esos conflictos han ido de la escaramuza fronteriza a la guerra abierta y de la matanza de inocentes al genocidio. En todos ellos se presentan, enlazados de distinta manera, los factores que mencioné más arriba: las antiguas rivalidades tribales, nacionales y religiosas; la aparición de nuevas castas dominantes con ideologías autoritarias y agresivas, organizadas según un modelo militar; y la intervención armada de las grandes potencias. En todos esos países las luchas contra la dominación de los poderes coloniales se llevó a cabo bajo la dirección de una élite de revolucionarios profesionales. En muchos casos los dirigentes adquirieron las ideologías revolucionarias en las universidades de las metrópolis. Las escuelas superiores del Viejo Mundo han sido semilleros de revolucionarios como, durante el siglo pasado, los colegios de los jesuitas fueron los criaderos de ateos y libre-pensadores. Europa transmitió a las clases dirigentes de sus colonias las ideas revolucionarias y, con ellas, la enfermedad que desde el siglo pasado la corroe: el nacionalismo. A la mezcla de estos dos explosivos —las utopías revolucionarias y el nacionalismo— hay que añadir otro elemento aún más activo: la aparición de una nueva élite. Tanto sus ideas como su organización y sus métodos de lucha duplican el modelo comunista del partido-milicia. Son minorías adiestradas y constituidas para guerrear, impregnadas de ideologías agresivas y nada respetuosas de las opiniones y aun de la existencia de los otros.

Encaramadas en la ola de auténticas revueltas populares, las élites de revolucionarios profesionales han confiscado y pervertido las legítimas aspiraciones de sus pueblos. Ya en el poder, han instituido como único *modus fasciendi* la guerra ideológica. Marx creía que el socialismo acabaría con la guerra entre las naciones; los que han usurpado su nombre y su herencia han hecho de la guerra la condición permanente de las naciones. Su acción, en el interior, es despótica; en el exterior, invariablemente belicosa. El caso más triste y terrible ha sido el de Indochina: la derrota de los Estados Unidos y de sus aliados se transformó inmediatamente en la instauración de un régimen burocrático-militar en Viet-Nam. El gobierno comunista, violentamente nacionalista, resucitó las antiguas pretensiones hegemónicas de Viet-Nam y, apoyado y armado por la Unión Soviética, ha impuesto su dominación, por las armas, en Laos y Cambodia. Los chinos, siguiendo a su vez la política tradicional de su país en esa región, se han opuesto a la expansión de Viet-Nam y han logrado detenerlo pero no desalojarlo de Laos y Cambodia. En la desdichada Cambodia las tropas vietnamitas y sus cómplices locales han sucedido a la tiranía criminal de Pol Pot, el protegido de los chinos. Pol Pot y su grupo fueron los autores de una de las grandes operaciones criminales de nuestro siglo, comparable a las de Hitler y Stalin. Pero su caída no fue una liberación sino la substitución de una tiranía de asesinos pedantes —Pol Pot estudió en París— por un régimen despótico sostenido por tropas extranjeras. El ejemplo de Indochina es impresionante porque nos muestra, con temible claridad, la suerte de las sublevaciones populares confiscadas por las élites de revolucionarios profesionales organizados militarmente. El mismo proceso se ha repetido en Cuba, Etiopía y, ahora, en Nicaragua.

LA SUBLEVACIÓN DE LOS PARTICULARISMOS

Desde hace un siglo se habla de la revolución de la ciencia y técnica; otros grupos, con la misma insistencia, han hablado de la revolución del proletariado internacional. Estas dos revoluciones representan, para los ideólogos y sus creyentes, las dos caras contradictorias aunque complementarias de la misma deidad: el Progreso. Desde esta perspectiva los regresos y resurrecciones históricas son impensables o reprobables. No niego que la ciencia y la técnica han alterado radicalmente los modos de vivir de los hombres, aunque no su naturaleza profunda ni sus pasiones; tampoco niego que hemos sido testigos de muchos trastornos y cambios sociales, aunque su teatro no han sido los países señalados por la doctrina (los desarrollados) ni su actor el proletariado industrial sino otros grupos y sectores. Sin embargo, lo que caracteriza a este fin de siglo es el regreso de creencias, ideas y movimientos que se suponía desaparecidos de la superficie histórica. Muchos fantasmas han encarnado, muchas realidades enterradas han reaparecido.

Si una palabra define a estos años, esa palabra no es Revolución sino Revuelta. Pero Revuelta no sólo en el sentido de disturbio o mudanza violenta de un estado a otro sino también en el de un cambio que es regreso a los orígenes. Revuelta como Resurrección. Casi todas las grandes conmociones sociales de los últimos años han sido resurrecciones. Entre ellas la más notable ha sido la del sentimiento religioso, generalmente asociado a movimientos nacionalistas: el despertar del Islam; el fervor religioso en Rusia después de más de medio siglo de propaganda antirreligiosa y la vuelta, entre las élites intelectuales de ese país, a modos de pensar y a filosofías que se creía desaparecidos con el zarismo; la vivificación del catolicismo tradicional frente y contra la conversión de parte del clero a un mesianismo revolucionario secular (México, Polonia, Irlanda); el oleaje de regreso al cristianismo entre la juventud norteamericana; la boga de los cultos orientales; etc. Ambiguo portento, pues las religiones son lo que las lenguas eran para Esopo: lo mejor y lo peor que han inventado los hombres. Nos han dado al Buda y a San Francisco de Asís; también a Torquemada y a los sacerdotes de Huitzilopochtli.

Los sucesos de Irán encajan perfectamente dentro de esta concepción de la revuelta como resurrección. El derrocamiento del Sha no se tradujo en una victoria de la clase media liberal; tampoco de los comunistas: ganó el chiismo. Fue un hecho que desconcertó a todo el mundo y en primer lugar, como ya es costumbre, a los expertos. El chiismo es más que una secta musulmana y menos que una religión separada. Sus adeptos se consideran como los verdaderos ortodoxos y juzgan que las prácticas y creencias de la mayoría sunita, al borde de la herejía, están infectadas de paganismo. El chiismo se define por su puritanismo, su intolerancia y por la institución del guía espiritual, el Imán (entre los sunitas el imán es simplemente el encargado de dirigir los rezos en las mezquitas). El Imán chiíta es una dignidad espiritual distinta a la del Califa de los sunitas. El califato participó del pontificado electivo y de la monarquía hereditaria, mientras que el Imanato fue un linaje espiritual. Los Imanes, por una parte, fueron descendientes en línea directa de Alí, el yerno del Profeta, y de su nieto Husein, el mártir asesinado en Kerbala; por otra, eran elegidos por Dios. La conjunción de estas dos circunstancias, la elección divina y la herencia, acentúan el carácter teocrático del chiísmo. Los Imanes fueron doce y el último fue el Imán oculto, el desaparecido, que un día volverá: Mahdi. Este acontecimiento, semejante al del descenso de Cristo al fin de los tiempos, dota al chiísmo de una metahistoria.

Otro rasgo notable: todos los Imanes murieron de muerte violenta, aunque no a manos de cristianos o paganos sino de musulmanes sunitas. Fueron víctimas de guerras civiles que eran también guerras religiosas. Si algo distingue al chiísmo del resto del Islam es el culto al martirio: los once Imanes de la tradición fueron sacrificados, como Jesús. Pero hay una gran y significativa diferencia: todos ellos murieron con las armas en la mano o envenenados por sus enemigos. El Islam es una religión combatiente y de combatientes. Lo que caracteriza al chiísmo es que, a la inversa de la mayoría sunita, es una fe de vencidos y de mártires. En todas las religiones, como en todas las manifestaciones eróticas, hay una vertiente sádica y otra inclinada hacia la autoflagelación y el martirio. En el chiísmo triunfa la segunda tendencia. Sin embargo, como ocurre también en el dominio del erotismo, el tránsito del masoquismo al sadismo es súbito y fulminante. Esto es lo que ha ocurrido ahora en Irán.

Una diferencia mayor entre el chiísmo y los demás musulmanes: la existencia de un clero organizado, guardián de las tradiciones no sólo religiosas sino nacionales. El chiísmo se ha identificado con la tradición persa y en algunas de sus sectas —pienso en la ismaelita— son perceptibles las huellas de las antiguas religiones

95

iranias, como el maniqueísmo. Aquí es oportuno recordar que el genio iranio ha creado grandes sistemas religiosos. En el período islámico ha ilustrado al sufismo, que es la contrapartida espiritual del chiismo, con grandes místicos. Es un pueblo de filósofos, de visionarios y de poetas pero asimismo de profetas sanguinarios, como aquel Hasan Sabbah, el fundador de la secta de los *hashshasin* (origen de la palabra asesinos), guerreros fumadores de *hashís* que aterrorizaron a cristianos y sunitas en el siglo XII. Resumo: el chiismo es una teocracia militante que se resuelve en una metahistoria: el culto al Mahdi, el Imán oculto. A su vez, la metahistoria chiita desemboca en un milenarismo a un tiempo nacionalista, religioso y combatiente, fascinado por el culto al martirio.

La revuelta que acabó con el Sha y su régimen es una traducción a términos más o menos modernos de todos los elementos que he mencionado más arriba. Subrayo, otra vez, que no somos testigos de una revolución en el sentido moderno de esta palabra, sea liberal o marxista, sino de una *revuelta*: un volver a la entraña del pueblo, un sacar afuera la tradición escondida, un regreso a la fuente original. Irán ha rechazado la modernización desde arriba que el Sha y su régimen autoritario, con la amistad y la ayuda de los Estados Unidos, quisieron imponerle. A la caída de Mohamed Reza muchos nos preguntamos: ¿serán capaces los nuevos dirigentes de concebir otro proyecto de modernización, más congruente con la tradición propia, y podrán realizarlo de abajo para arriba? Al principio la duda fue lícita. La presencia en el gobierno de Teherán de personalidades como Bani Sadr, abrían un espacio a la esperanza. Este joven político pareció representar, por un corto período, un puente entre los reformistas de la clase media y los partidarios del Ayatola Jomeini, poseídos por una furia político-religiosa. Bani Sadr es descendiente de una familia religiosa, su padre fue Ayatola y nada menos que Jomeini presidió los ritos de su entierro. Teólogo y economista, se propuso llevar a cabo una síntesis entre la tradición islámica y el pensamiento político y económico moderno. No tuvo tiempo siquiera de dar forma a sus ideas: fue barrido por las huestes de su antiguo amigo y padre espiritual, Jomeini. Episodio lamentable: en la revuelta persa había gérmenes de un renacimiento histórico.[1] Tal vez todavía existen, aunque ahogados por la pareja que amenaza a todos los alzamientos populares: el demagogo y el tirano. El demagogo provoca el caos; entonces el tirano se presenta con su horca y sus verdugos.

¿Por qué la revuelta irania, en lugar de abrir puertas, como la Revolución mexicana, las ha cerrado? En el movimiento contra el régimen de Mohamed Reza fue decisiva la intervención de la clase media ilustrada. Fenómeno que se repite en la historia una y otra vez: la oposición contra el Sha fue iniciada por un grupo social surgido de la política de modernización económica e intelectual emprendida por el mismo soberano. La tendencia de esos intelectuales, abiertos a la cultura moderna y muchos de ellos educados en el extranjero, era un nacionalismo democrático teñido de reformismo socialista. Algunos, como Bani Sadr, trataban de conciliar el pensamiento moderno con la tradición islámica (como lo han hecho, entre nosotros, algunos movimientos cristianos). Pero esta clase media, tras de oponer una ineficaz resistencia a las bandas de Jomeini, tuvo que retirarse y ceder el poder a los extremistas. Muchos de ellos fueron fusilados y otros viven en el destierro.

Los partidarios de Jomeini están unidos por una ideología tradicional, simple y poderosa, que se ha identificado, como el catolicismo en Polonia y en México, con la nación misma. Fieles a la tradición del Islam —religión de combatientes— desde el principio se organizaron militarmente. Así, en las bandas chiitas que siguen a Jomeini y sus ayatolas figuran los mismos elementos básicos que definen a los partidos comunistas: la fusión entre lo militar y lo ideológico. El contenido es opuesto pero son idénticos los elementos y su fusión. El clero chiita, herido en sus enormes intereses económicos por la reforma agraria del Sha y en su ideolo-

1. Irán, nombre oficial, tiende a subrayar el origen ario de la nación. Pero Persia es una palabra que, para nosotros, evoca tres mil años de historia.

gía por su política de modernización, hizo causa común con los reformistas de la clase media pero no tardó en apoderarse del movimiento, que poco a poco se transformó en una insurrección. En términos políticos, fue una revuelta; en términos históricos y religiosos, una resurrección. El chiismo pasó, de creencia pasiva de la mayoría, a fuerza activa en la vida política de Irán. Pero tanto por su ideología y su visión del mundo como por su estructura y organización, el clero chiita no puede convertirse en la palanca que abra las puertas de la auténtica modernidad al pueblo iranio. Su movimiento es únicamente regresivo. Cruel decepción: la revuelta terminó en espasmódica dominación clerical, la resurrección en recaída.

Las tiranías y despotismos necesitan, para justificar su dominio, la amenaza de un enemigo exterior. Cuando ese enemigo no existe, lo inventan. El enemigo es el diablo. No un diablo cualquiera sino una figura, mitad real y mitad mítica, en la que se aúnen el enemigo de afuera y el de adentro. La identificación del enemigo interior con el poder extranjero posee un valor a un tiempo práctico y simbólico. El diablo ya no está en nosotros sino fuera del cuerpo social: es el extraño y todos debemos unirnos en torno al Jefe revolucionario para defendernos. En el caso de Irán, el diablo Carter fue el agente de la unidad revolucionaria. Para Jomeini era imperativo lograr esa unidad. Sin el diablo, sin el enemigo exterior, no le hubiera sido fácil justificar la lucha contra las minorías étnicas y religiosas —turcos, kurdos, baluchistanos, sunitas— y contra los inconformes y los disidentes. No quiero decir que la cólera de los iranios contra los Estados Unidos fuese injustificada. Para la conciencia musulmana, los norteamericanos representan la continuidad de la dominación de Occidente; son los herederos no sólo de los imperialismos europeos del siglo pasado sino de los aventureros y guerreros de otros siglos. Además de estas obsesiones históricas, hay una realidad contemporánea: los gobiernos de Washington, más que los amigos del Sha, fueron sus cómplices y sus valedores. Así, todo designaba a los Estados Unidos como el Diablo de los iranios. No se puede decir que no hayan merecido esa equívoca dignidad. La presencia del Sha en Nueva York realizó la fusión entre imaginación y realidad: el Diablo dejó de ser un concepto y se convirtió, para los creyentes, en una presencia palpable. La respuesta fue el asalto a la Embajada norteamericana y la captura de los diplomáticos norteamericanos.

El episodio parece una pieza teatral tejida por la Casualidad, un autor más indiferente que malévolo. Es el mismo que, en las obras de Shakespeare y Marlowe, substituye al Destino griego y a la Providencia cristiana. La diferencia entre esos antiguos poderes y la moderna Casualidad consiste en lo siguiente: se presume que los actos de la Providencia y del Hado tienen un sentido, así sea recóndito, mientras que los de la Casualidad no tienen lógica, designio o significación. Cada uno de los elementos de la crisis se enlazó al siguiente con una suerte de rigurosa incoherencia e impremeditación: la enfermedad del Sha, su imprudente decisión de no curarse en México sino en Nueva York, la no menos imprudente decisión del gobierno norteamericano de aceptarlo. Para los líderes iranios la presencia del Sha en Nueva York fue una dádiva caída no del cielo sino de las manos de sus mismos adversarios.

El asalto a la Embajada y la prisión de los diplomáticos fue una suerte de sacrilegio. En los movimientos revolucionarios la noción de sacrificio se une casi siempre a la de sacrilegio. La víctima simboliza el orden que muere y su sangre alimenta al tiempo que nace: Carlos I muere decapitado y Luis XVI en la guillotina. La función del sacrilegio es similar a la del diablo extranjero: une a los revolucionarios en la fraternidad de la sangre derramada. Balzac fue uno de los primeros en mostrar cómo el crimen compartido es una suerte de comunión (*Historia de los Trece*). Pero el sacrilegio, además, desacraliza a la persona o a la institución profanada; quiero decir, es realmente una profanación: vuelve profano lo que era sagrado. Allanar y ocupar la Embajada de los Estados Unidos fue profanar un lugar tradicionalmente considerado inviolable por los tratados, el derecho y el uso internacional. Profanación que, simultáneamente, afirma que hay un derecho más alto: el revolucionario. Este razonamiento no es jurídico sino religioso: las revueltas y revoluciones son mitos encarnados.

En Irán los sacrificios han sido y son numerosos, aunque no han tenido el carácter impersonal de las matanzas de Hitler, Stalin y Pol Pot, que aplicaron al exterminio de sus semejantes los eficaces métodos de la producción industrial en serie. La crueldad de Jomeini y sus clérigos es arcaica. En el sacrificio, como en el rito del diablo extranjero, la utilidad política se alía al simbolismo ritual. Todos los movimientos revolucionarios se proponen fundar un orden nuevo o restaurar un orden inmemorial. En ambos casos, las revoluciones, fieles al sentido original de la palabra, son vueltas al comienzo, verdaderas revueltas. El recomienzo, como nos enseña la antropología, se actualiza o realiza a través de un sacrificio. Entre el tiempo que acaba y el que comienza hay una pausa; el sacrificio es el acto por el cual el tiempo se echa a andar de nuevo. Se trata de un fenómeno universal, presente en todas las sociedades y épocas, aunque en cada una asume una forma diversa. Por ejemplo, en ciertas regiones apartadas de la India todavía se comienza la construcción de una casa con un rito que consiste en humedecer los cimientos con la sangre de un cabrito, que sustituye a la antigua víctima humana. Curiosa transposición de este viejo rito a términos políticos modernos: hace años, en el curso de una visita diplomática que hice a la señora Bandaranaiken, en aquel entonces Primer Ministro de Ceilán (Sri-Lanka), comentando las experiencias de uno de sus viajes a Pequín, me dijo: «La superioridad de los chinos sobre nosotros es que ellos tuvieron que combatir realmente. Fue un infortunio para Ceilán que obtuviésemos nuestra independencia sin lucha armada y casi sin derramamiento de sangre. Para construir, en la historia, hay que humedecer con sangre los ladrillos...»

En el incidente de los rehenes la liturgia no se cumplió sino simbólicamente. Aunque hubo profanación y sacrilegio, no se consumó el sacrificio. Tampoco hubo juicio público: el gobierno iranio no cumplió su ame-

100

naza de juzgar a los diplomáticos y castigar a aquellos que resultasen culpables. Se trataba, de nuevo, de un acto litúrgico. Puesto que las revoluciones pretenden restaurar el orden justo del comienzo, necesitan apelar a procedimientos que conviertan a la persona inviolable (rey, sacerdote, diplomático) en individuo común y a la víctima en delincuente. En las sociedades primitivas se recurre a la magia para cambiar la naturaleza de la víctima; en las modernas, al juicio criminal. Ésa fue la razón de los procesos de Carlos I, Luis XVI y, en nuestro tiempo, de los juicios contra Bujarin, Radek, Zinoviev y los otros bolcheviques.

El régimen de Jomeini ha transformado los conflictos con sus vecinos en guerra ideológica y en cruzada religiosa. Así ha cumplido la némesis de todas las revoluciones y ha sido fiel a la tradición chiita de guerra santa contra sus hermanos sunitas. En 1980, en la primera versión de este ensayo, escribí: «El chiismo es beligerante y del mismo modo que ha provocado la repulsa violenta de las minorías étnicas y religiosas de Irán, tenderá fatalmente a enfrentarse con los otros países musulmanes de la región. Para el clero chiita, como para los imanes del pasado, religión, política y guerra son una sola y misma cosa. Así, tanto por fidelidad a su tradición como por las necesidades del presente, tratará de recomenzar el estado endémico de guerra que caracterizó durante siglos al mundo islámico. Esto lo saben, mejor que Washington y Moscú, los gobiernos de Irak, Siria y Arabia Saudita.» La guerra con Irak confirmó mis previsiones. Irak es un país en el que las dictaduras militares, armadas por la Unión Soviética, se suceden desde hace años disfrazadas de socialismo panárabe.

Al comenzar las hostilidades, los «expertos» confiaron en un rápido triunfo de Irak ante una nación dividida y desangrada. Sin embargo, hasta ahora Irán ha sido el vencedor. La razón de la fortuna de las armas iranias no es tanto militar como política y religiosa: esos ejércitos están poseídos por una fe. La abnegación, de nuevo, al servicio de una perversión.

Lo más notable del conflicto entre los Estados Unidos e Irán, el rasgo que lo hace ejemplar, es la incapacidad de ambos para comprender lo que el otro decía. Era imposible que Jomeini comprendiese los razonamientos jurídicos y diplomáticos de los norteamericanos. Estaba poseído por un furor religioso y revolucionario —los dos adjetivos no son contradictorios— y el lenguaje de Carter debía parecerle secular y profano, es decir, satánico, inspirado por el diablo, padre de la mentira.

Tampoco los norteamericanos podían comprender lo que decían Jomeini y sus secuaces: les parecía el lenguaje de la locura. Una y otra vez calificaron las expresiones del Ayatola como delirios incoherentes. Ahora bien, la irracionalidad y el delirio son, para la conciencia moderna, lo que fue para los antiguos la posesión demoníaca. Así, había cierta simetría entre las actitudes de los norteamericanos y los iranios. Carter estaba poseído por el diablo, es decir, estaba loco; Jomeini deliraba, es decir, estaba poseído por el Maligno. Dicho de otro modo: el lenguaje de Jomeini es el lenguaje de otros siglos y el de los norteamericanos es moderno. Es el lenguaje optimista y racionalista del liberalismo y el pragmatismo, el lenguaje de las democracias burguesas, orgullosas de las conquistas de las ciencias físicas y naturales que les han dado el dominio sobre la naturaleza y sobre las otras civilizaciones. Pero ni la ciencia ni la técnica nos salvan de las catástrofes naturales ni de las históricas. Los norteamericanos y los europeos tienen que aprender a oír el *otro* lenguaje, el lenguaje enterrado. El lenguaje de Jomeini es arcaico y, al mismo tiempo, es profundamente moderno: es el lenguaje de una resurrección. El aprendizaje de ese lenguaje significa redescubrir aquella sabiduría que han olvidado las democracias modernas pero que los griegos nunca olvidaron sino cuando, cansados, se olvidaron de sí mismos: la dimensión trágica del hombre. Las resurrecciones son terribles; si hoy lo ignoran los políticos y los gobernantes, los poetas lo han sabido siempre. Yeats lo supo:

... allá, en los arenales del desierto,
una forma —cuerpo de león, testa de hombre—
la mirada vacía y como el sol despiadada,
avanza, con miembros pesados; arriba giran
sombras furiosas de pájaros...

V

MUTACIONES

Injertos y renacimientos

Me detuve tan largamente en el caso de Irán porque me parece que es un aviso de los tiempos. La resurrección de las tradiciones nacionales y religiosas no es sino una manifestación más de lo que hay que llamar la venganza histórica de los particularismos. Éste ha sido el verdadero tema de estos años y lo será de los venideros. Negros, chicanos, mujeres, vascos, bretones, irlandeses, valones, ucranianos, letones, lituanos, estonios, tártaros, armenios, checos, croatas, católicos mexicanos y polacos, budistas, tibetanos, chiitas de Irán e Irak, judíos, palestinos, kurdos una y otra vez asesinados, cristianos del Líbano, maharatas, tamiles, kmeres... Cada uno de estos nombres designa una particularidad étnica, religiosa, cultural, lingüística, sexual. Todas ellas son realidades irreductibles y que ninguna abstracción puede disolver. Vivimos la rebelión de las excepciones, ya no sufridas como anomalías o infracciones a una supuesta regla universal, sino asumidas como una verdad propia, como un destino. El marxismo había postulado una categoría universal, las clases, y con ella no sólo quiso explicar la historia pasada sino hacer la futura: la burguesía había hecho el mundo moderno y el proletariado internacional haría el de mañana. Por su parte, el positivismo y el pensamiento liberal redujeron la historia plural de los hombres a un proceso unilineal e impersonal: el progreso, hijo de la ciencia y la técnica. Todas estas concepciones están teñidas de etnocentrismo y contra ellas se han levantado los antiguos y los nuevos particularismos. La pretendida universalidad de los sistemas elaborados en Occidente durante el siglo XIX se ha roto. Otro universalismo, plural, amanece.

La resurrección de los antiguos pueblos y sus culturas y religiones hubiese sido imposible sin la presencia de Occidente y la influencia de sus ideas e instituciones. La modernidad europea fue el reactivo que provocó los sacudimientos de las sociedades de Asia y África. El fenómeno no es nuevo: la historia está hecha de las imposiciones, préstamos, adopciones y transformaciones de religiones, técnicas y filosofías ajenas. En los cambios sociales son decisivos los contactos con los extraños. Esto ha sido particularmente cierto en Asia y el norte de África, sedes de viejas culturas: en China ya no gobierna el Hijo del Cielo sino el Secretario General del Partido Comunista, Japón es una monarquía democrática, India es una república, Egipto es otra. Ahora bien, los regímenes, las ideologías y las banderas han cambiado, pero ¿las realidades profundas? Si nos detenemos, por ejemplo, en el dominio de las relaciones entre las naciones y los Estados, ¿qué encontramos? Basta con releer una obra de ficción como *Kim*, la novela de Kipling, publicada en 1901, para advertir que el fondo histórico que sirve de telón a la intriga novelesca no es muy distinto al de ahora: las luchas, en una vasta región que va desde Afganistán a los Himalayas, entre las ambiciones imperiales rusas y las de Occidente. La rivalidad entre los chinos y los rusos comenzó en el siglo XVII. Las relaciones entre China y Tibet han sido, desde el siglo XIII, inestables y tormentosas: pugnas, ocupaciones, rebeliones. La enemistad entre chinos y vietnamitas empezó en el siglo primero antes de Cristo. La historia de Cambodia ha sido una lucha continua, desde el siglo XIV, con sus dos vecinos: Tailandia y Viet-Nam. Y así sucesivamente. ¿No hay entonces nada nuevo? Al contrario: la diferencia entre el Asia de 1880 y la de 1980 es enorme. Hace un siglo los países asiáticos eran el teatro de las luchas y las ambiciones de las potencias europeas; ahora esos viejos pueblos han despertado, han dejado de ser objetos y se han convertido en sujetos de la historia.

El primer aviso del cambio fue en 1904: en ese año los japoneses derrotaron a los rusos. Desde entonces el fenómeno se ha manifestado en diversas formas políticas e ideológicas, de la no violencia de Gandhi al comunismo de Mao, de la democracia japonesa a la república islámica de Jomeini. La gran mutación del siglo XX no fue la revolución del proletariado de los países industriales de Occidente sino la resurrección de civilizaciones que parecían petrificadas: Japón, China, India, Irán, el mundo árabe. Al contacto brutal pero vivificador del imperialismo europeo, abrieron los ojos, resurgieron del polvo y se echaron a andar. Ahora esas naciones se enfrentan a un problema semejante y que cada uno trata de resolver a su manera: la modernización. El primero que lo ha resuelto es el Japón. Lo más notable es que su versión de la modernidad no destruyó su cultura tradicional. En cambio, el error del Sha fue intentar modernizar desde arriba, aplastando los usos y los sentimientos populares. Modernización no significa copiar mecánicamente a los Estados Unidos y a Europa: modernizar es adoptar y adaptar. También es recrear.

El logro de los japoneses ha sido en verdad excepcional: en 1868, al iniciar el período Meiji, decidieron modernizarse y medio siglo después ya eran una potencia económica y militar. La modernización más difícil, la política, la realizaron más lentamente y no sin retrocesos. En el curso de ese proceso —cerca de un siglo— el Japón conoció las tres enfermedades de las sociedades modernas de Occidente: el nacionalismo, el militarismo y el imperialismo. Después de su derrota en la segunda guerra mundial y de haber sido víctimas del criminal ataque norteamericano contra Hiroshima y Nagasaki, los japoneses rehicieron a su país y, al mismo tiempo, lo convirtieron en una democracia moderna. La experiencia japonesa es única tanto por la rapidez con que asimilaron e hicieron suyas las ciencias, las técnicas y las instituciones de Occidente como por la manera original e ingeniosa con que las adaptaron al genio del país. El tránsito de una era a otra provocó, naturalmente, conflictos y desgarraduras lo mismo en el tejido social que en las almas individuales. Abundan las novelas, los ensayos y los estudios sociales y psicológicos que tratan este tema; sin embargo, por más profundos que hayan sido los cambios sociales y los trastornos psíquicos, el Japón no ha perdido su cohesión ni los japoneses su identidad. Por lo demás, en la tradición japonesa hay otros ejemplos de préstamos del extranjero asimilados y recreados con felicidad por el genio nativo. Mejor dicho, la tradición japonesa, desde el siglo VII, es un conjunto de ideas, técnicas e instituciones extranjeras, primordialmente chinas —la escritura, el budismo, el pensamiento moral y político de Confucio y sus continuadores— rehechas y convertidas en creaciones originales y genuinamente japonesas. La historia del Japón confirma a Aristóteles: toda verdadera creación comienza por ser una imitación.

En el otro extremo está la India. A la inversa del Japón, que es una nación perfectamente constituida, la India es un conjunto de pueblos, cada uno con su lengua, su cultura y su tradición propia. Hasta la dominación inglesa la India no conoció un verdadero Estado nacional; los grandes imperios del pasado —los Maurya, los Gupta, los Mongoles— ni gobernaron sobre todo el subcontinente ni fueron realmente nacionales. En los idiomas del norte de la India no aparece una palabra que tenga la significación de la realidad histórica que, en las lenguas de Occidente, denota el concepto de nación. La unidad de los pueblos de la India no fue política sino religiosa y social: el hinduismo y el sistema de castas. De ahí que se haya dicho que la India no es una nación sino una civilización. El fundamento de la sociedad india es indoeuropeo. Éste es el hecho esencial y definitivo: el hinduismo, ese conjunto de creencias y prácticas que desde hace más de tres mil años ha impregnado a los indios y les ha dado unidad y conciencia de pertenecer a una comunidad más vasta que sus naciones particulares, es de origen indoario. La lengua sagrada y filosófica es asimismo indoeuropea: el sánscrito. También lo es el sistema de castas; es una modificación de la división tripartita de la religión, el pensamiento, la cultura y la sociedad de los antiguos indoeuropeos, como lo ha mostrado con brillo, profundidad e inmenso saber, Georges Dumézil. Subrayo que la división cuatripartita de las castas indias no es un cambio sino una modificación por adición del sistema original ario. Por todo esto puede decirse que la India, entre el Extremo Oriente y el Asia Occidental, es «el otro polo de Occidente, la *otra* versión del mundo indoeuropeo» o, más exactamente, su imagen invertida.[1]

La originalidad de la India frente a las otras dos grandes comunidades indoeuropeas —la irania y la europea propiamente dicha— es doble. Por una parte, en ella aparecen casi intactas muchas de las instituciones e ideas originales de los indoeuropeos con una suerte de inmovilidad que, si no es la de la muerte, tampoco es la de la verdadera vida. Por otra, a diferencia de europeos e iranios, la India politeísta ha vivido desde hace ocho siglos en difícil coexistencia con un severo e intransigente monoteísmo. En Europa el cristianismo logró una síntesis entre el antiguo paganismo indoeuropeo —con sus dioses, su visión del ser y del universo como realidades suficientes— y el monoteísmo judío y su idea de un Dios creador. Sin la síntesis del catolicismo cristiano y sin la consecuente crítica de esa síntesis, iniciada en el Renacimiento y la Reforma y continuada hasta el siglo XVIII, no hubiera sido posible la prodigiosa carrera de Occidente. Debemos al pensamiento crítico europeo la paulatina introducción de las nociones de historia como cambio sucesivo y como progreso, supuestos ideológicos de la acción de Occidente en la Edad Moderna. En Irán también triunfó el monoteísmo semí-

1. He tocado el tema de la oposición simétrica entre Occidente y la civilización de la India en *Corriente Alterna* (1967) y en *Conjunciones y Disyunciones* (1969). En esos dos libros también he explorado un poco las semejanzas y antagonismos entre el pensamiento tradicional indio y el de Occidente (las nociones de ser, sustancia, tiempo, identidad, cambio, etc.). Me he ocupado del sistema de castas en *Claude Lévi-Strauss o el nuevo festín de Esopo* (1967), así como en los dos libros citados y en una nota de alguna extensión de *Los Hijos del Limo* (1974). En cuanto al hinduismo: aunque desciende, directa y esencialmente, de la antigua religión védica, que fue indoeuropea, no desconozco las trazas de creencias dravidias, como el culto a la Gran Diosa y a un proto-Shiva.

tico pero en su versión islámica. La síntesis irania fue menos fecunda que la cristiana, tanto por el carácter exclusivista del Islam como porque la tradición irania era menos rica y compleja que la grecorromana. El antiguo fondo iranio fue recogido sólo en parte por el Islam y el resto fue más bien ocultado y reprimido. En Irán no hubo un movimiento comparable al Renacimiento europeo que fue, simultáneamente, un regreso a la antigüedad pagana y el comienzo de la modernidad.

A diferencia de Europa, la India no conoció ni la idea de historia ni la de cambio; quiero decir: hubo cambios pero la India no los pensó ni los interiorizó; su vocación fueron la religión y la metafísica, no la acción histórica ni el dominio de las fuerzas naturales. Asimismo, a diferencia de Irán, el hinduismo ha coexistido con el monoteísmo islámico pero sin convivir realmente con él: ni se ha convertido a su fe ni ha podido digerirlo. Ésta es la raíz, a mi juicio, de la diferente evolución de la India y de las otras dos grandes zonas indoeuropeas.

El resultado está a la vista: en 1974 la India tenía quinientos cincuenta millones de habitantes, de los cuales por lo menos el doce por ciento eran musulmanes. O sea: un poco más de sesenta y cinco millones. Pero la proporción es engañosa, pues habría que contar la población de los dos países que se han separado de la India y que por la lengua, la cultura y la historia son indios también: los setenta y cinco millones de Bangladesh y los sesenta y cinco millones de Paquistán, es decir, más de doscientos millones de musulmanes —una cifra enorme.[2] La independencia del subcontinente indio coincidió con la sangrienta separación de Paquistán; la división obedeció, fundamentalmente, a la imposibilidad de vivir juntos los hindúes y los musulmanes. Hubo matanzas horribles y poblaciones enteras fueron transportadas de un territorio a otro. La causa histórica de este desastre —llaga todavía abierta— es la apuntada más arriba: no hubo en la India una síntesis como la del

2. Estos números son aproximados y aparecen en la *Encyclopaedia Britannica*, edición de 1974.

catolicismo cristiano en Europa ni absorción de una religión por otra, como en Irán.

Desde 1947 la política exterior de la India obedece a la obsesión político-religiosa de su pugna con Paquistán. Otro tanto sucede con los paquistanos. Pero ¿se trata realmente de *política exterior*? La rivalidad nació cuando no existían ni el Estado indio ni el Estado paquistano; fue una lucha religiosa y política entre dos comunidades en el interior de la misma sociedad y que hablaban el mismo lenguaje, compartían la misma tierra y la misma cultura. No es exagerado decir que el conflicto entre la India y Paquistán ha sido y es una guerra civil que comenzó como una guerra religiosa. La ocupación de parte de Cachemira por la India, la amistad de Paquistán primero con los Estados Unidos y después con China, los gestos amistosos de la India hacia Rusia y las desviaciones de su política de neutralidad y su adhesión a varias deplorables resoluciones de la Organización de Países no Alineados así como su hipócrita cerrar los ojos ante la ocupación de Cambodia por las tropas vietnamitas —todo eso no es más que la lucha entre dos facciones político-religiosas. Sin duda, ya es demasiado tarde para unir lo que fue separado; no lo es para crear una suerte de federación entre los tres Estados que garantice la convivencia de las dos comunidades. La lucha entre los indios y los paquistanos desmiente una vez más, como la de los árabes y los judíos, la supuesta racionalidad de la historia.

A pesar de su tradicionalismo la India también ha sido capaz de asimilar y transformar las ideas e instituciones de fuera. El movimiento de Gandhi, que fue a un tiempo espiritual y político, ha sido una de las grandes novedades históricas del siglo xx. Sus orígenes se confunden con la historia del Partido del Congreso de la India, una agrupación que nació como una consecuencia de las ideas democráticas llevadas por Inglaterra al subcontinente y en cuya fundación, en 1885, participó decisivamente un teósofo escocés (A. O. Hume). Pero la acción política de Gandhi es inseparable de sus ideas religiosas. En ellas encontramos una impresionante combinación de elementos hindúes y europeos. El fundamento fue el espiritualismo hindú, sobre todo el Bhagavad Gita; a su lado el visnuismo de su infancia, legado por su madre e impregnado de jainismo (de donde procede la no violencia contra cualquier ser vivo: *ahimasa*); el cristianismo tolstoiano; y el socialismo fabiano. Lo esencial fue el hinduismo aunque es significativo que Gandhi haya leído por primera vez el Gita en la traducción al inglés de Arnold. También lo es que el asesino de Gandhi haya sido miembro de un grupo fanático inspirado precisamente en el Gita. Lecturas diferentes del mismo texto...[3] Otro rasgo que define la relación peculiar de Gandhi con la tradición hindú: por sus ideas y sus prácticas ascéticas fue un verdadero *sanyasi* y en su autobiografía dice: «lo que he buscado y busco es ver a Dios cara a cara»; sin embargo, buscó a Dios no en la soledad de la cueva del ermitaño escondido del mundo sino entre las multitudes y en las discusiones políticas. Buscó a lo absoluto en lo relativo, a Dios entre los hombres. Unió así la tradición hindú con la cristiana.

Frente a las tácticas y las técnicas de los políticos de Occidente, fundadas casi siempre en las astucias de la propaganda, así como frente a la política de los violentos —todo lo que ayuda a la Revolución, dijo Trotsky, es bueno y moral— Gandhi opuso un nuevo tipo de acción: *satyagraha*, firmeza en la verdad y no violencia. Esta política ha sido tachada, a veces, de quimérica; otros la han llamado hipócrita. Todos a una, tanto los marxistas como los realistas y los cínicos de la derecha, han acumulado los sarcasmos y las invectivas contra Gandhi y sus discípulos. Sin embargo, es innegable que Gandhi pudo mover a multitudes inmensas y que, para citar un caso reciente y conocido, el movimiento de Lutero King contra la discriminación racial, inspirado en los métodos gandhianos, sacudió y conmovió a los Estados Unidos. Nadie menos que Einstein pensaba que sólo un movimiento universal que recogiese la lección

---

3. El discurso de Krisna para disipar las dudas y temores de Arjuna antes de la batalla es una visión de la guerra como el cumplimiento del *dharma* (ley, principio) del guerrero.

de no violencia de Gandhi podría obligar a las grandes potencias a renunciar al uso de las armas nucleares. Se dirá, no sin razón, que el movimiento de Gandhi pudo desplegarse y prosperar porque el Gobierno inglés, imperialista o no, respetaba las libertades y los derechos humanos. ¿Habría sido posible un Gandhi en la Alemania de Hitler? Ahora mismo, ¿podría surgir un Gandhi en China, en Rusia, en África del Sur o en Paraguay? Todo esto es verdad pero también lo es que el gandhismo es el único movimiento que ha sido capaz de oponer una respuesta civilizada y *eficaz* a la violencia universal desatada en nuestro siglo por los dictadores y las ideologías. Es una semilla de salvación, como la tradición libertaria. La suerte final de ambas está ligada a la de la democracia.

Otros dos grandes logros políticos de la India moderna: uno, la preservación del Estado nacional; otro, el mantenimiento de la democracia. Uno y otra son instituciones trasplantadas por los ingleses al subcontinente y que los indios han adaptado al genio del país. Por el primero, India ya es una nación; por la segunda, ha desmentido a todos aquellos que ven al sistema democrático como una mera excrecencia del capitalismo liberal.

Yo he visto votar a la multitud india, pobre y analfabeta: es un espectáculo que devuelve la esperanza en los hombres. Lo contrario del espectáculo de las multitudes que gritan y vociferan en los estadios de Occidente y América Latina... Cierto, contrasta la democracia política de la India con la pobreza de su gente y las terribles desigualdades sociales. Muchos se preguntan si no es ya tarde para abolir la miseria: el crecimiento demográfico parece haber inclinado definitivamente la balanza del otro lado. Me resisto a creerlo; el pueblo que nos ha dado al Buda y a Gandhi, que ha descubierto la noción del cero en las matemáticas y la no violencia en la política, puede encontrar vías propias de desarrollo económico y de justicia social. Pero si fracasase, su derrota sería el anuncio de las de otros países, como el nuestro, que no han sabido equilibrar el crecimiento económico con el demográfico.

Los antiguos chinos llamaron a su país el Imperio del Centro. Tenían razón. Aunque China no está ni geográfica ni políticamente en el centro del mundo, sí es lo que se llama un país central. Su influencia es ya decisiva en nuestro tiempo y lo será más y más. China es China desde hace más de tres mil años. Continuidad territorial, étnica, cultural y política. China ha sufrido invasiones y ocupaciones —mongoles, manchúes, japoneses—, ha conocido períodos de esplendor y otros de decadencia, ha experimentado violentos cambios sociales y, sin embargo, jamás ha dejado de ser un Estado. Daré unos ejemplos que ilustran esta admirable continuidad. El primero es lingüístico. En el vocabulario filosófico y político de China no figuraba el concepto que designa la palabra Revolución, en el sentido que en Occidente se ha dado a ese término desde la Revolución francesa: cambio violento de un sistema por otro. Lo más parecido a Revolución, en chino, era Kuo Ming. Pero Kuo Ming significa realmente cambio de nombre o sea cambio de mandato, que por extensión quería decir cambio de dinastía o casa reinante (Cambio de Mandato del Cielo). A principios de siglo el gran líder republicano Sun Yat-sen decidió usar Kuo Ming como sinónimo de Revolución y de este modo nació el Kuo Ming Tang, el partido que después sería desplazado por los comunistas. Así, la expresión misma que designa el concepto de cambio revolucionario está impregnada de tradicionalismo.

Otro ejemplo: Mao Tse-tung. No se parece a ninguna de las figuras revolucionarias de Occidente: ni a Oliverio Cromwell ni a Robespierre, ni a Lenin ni a Trotsky; se parece a Shih Huang-ti, llamado el Primer Emperador porque con él, al finalizar el siglo II antes de Cristo, termina una época y comienza otra. También con Mao, siglos después, acaba un período y principia otro. La obra del Primer Emperador fue continuada por sus sucesores pero despojada de su radicalismo, adaptada a la realidad, humanizada. Al mismo tiempo, la memoria de Shih Huang-ti fue execrada. La figura y la obra de Mao, por lo que hemos visto en los últimos años, sufren ya el mismo destino. Tercer ejemplo: el grupo social que rigió al imperio durante dos mil años, los mandarines, tiene más de un parecido con el grupo que dirige ahora a China: el partido comunista. Los mandarines no constituían una burocracia de tecnócratas, especializados en la economía, la industria, el comercio o la agricultura: eran expertos én el arte de la política y trataban de poner en práctica la filosofía política de Confucio. Los comunistas chinos son también expertos en los asuntos políticos. El contenido cambia pero la forma y la función perduran. Curiosa contradicción: al atacar a Confucio, los comunistas afirmaron la continuidad de la tradición.

La revolución cultural es otro ejemplo de la alianza entre cambio y continuidad. La crítica desencadenada por Mao contra la burocracia comunista durante la Revolución cultural no tiene antecedentes en la historia de los partidos marxistas de Occidente. En cambio, recuerda poderosamente el anarquismo filosófico y político de la corriente intelectual rival del confucianismo: el taoísmo. Periódicamente China ha sido sacudida por revueltas populares, casi siempre inspiradas por el espíritu libertario del taoísmo y dirigidas contra la casta de los mandarines y la tradición de Confucio. La revolución cultural, por su violento ataque a la cultura formalista y a la burocracia así como por su elogio de la espontaneidad popular, puede verse como una reaparición del temperamento taoísta en la China moderna. Los guardias rojos recuerdan extrañamente a los Turbantes Amarillos del siglo II o a los Turbantes Rojos del XIV.

Es difícil conocer, con entera certeza, los motivos que impulsaron a Mao a desencadenar la «revolución cultural». Probablemente fue determinante su lucha con el Presidente Liu Sao-ch'i y los otros dirigentes comunistas que, después del fracaso de su política económica, lo alejaron del poder. Mao replicó abriendo las compuertas de la reprimida cólera popular; extraño espectáculo que, de nuevo, desmintió tanto al marxismo-leninismo como a las especulaciones de los expertos occidentales: un viejo acaudillando una revuelta juvenil, un marxista-leninista lanzando un ataque contra la expresión más perfecta de la doctrina del partido como «van-

115

guardia del proletariado»: el Comité Central y sus funcionarios.

La revolución cultural sacudió a China porque correspondía, simultáneamente, a las aspiraciones contemporáneas de la sociedad china y a su tradición libertaria. No fue una revolución en el sentido occidental y moderno sino, de nuevo, una revuelta. El movimiento desbordó las previsiones de Mao y estuvo a punto de arrasar al régimen en oleadas sucesivas y anárquicas. Para contener a los guardias rojos, Mao tuvo que dar marcha atrás y apoyarse en Lin Piao y en el ejército. Después, para deshacerse de Lin Piao, tuvo que pactar con el ala moderada y llamar a Chou En-lai. Esta política zigzagueante revela que Mao, más que un Gran Timonel, fue un político hábil y tortuoso. Consiguió conservar el poder, pero el costo fue enorme y todos esos sacudimientos no sólo fueron estériles sino nocivos. El culto a Mao degradó la vida intelectual y política de China; la obra de sus últimos años tiene la irrealidad de una pesadilla paranoica. En vida lo cubrieron de alabanzas delirantes y fue comparado a los más grandes de la historia. Ahora sabemos que no fue Alejandro; menos aún Marco Aurelio y ni siquiera Augusto. Su figura es ya parte de la galería de los monstruos de la historia.

Bajo la dirección de Deng Xiao-ping, el gobierno chino ha emprendido la demolición del ídolo. Como los sucesores de Shih Huang-ti, el grupo en el poder debe hacer frente a una tarea doble: cambiar al régimen y conservarlo. El programa de modernización de Mao era una fantasía cruel; Deng, más sensato, se propone llevar a cabo las cuatro modernizaciones de Chou En-lai: la agricultura, la industria, la defensa y la ciencia y la tecnología. China cuenta con recursos naturales, población y voluntad política para transformarse en una nación moderna. Los chinos han mostrado a lo largo de su historia una gran capacidad científica y técnica: fueron los descubridores de la pólvora, la brújula y la imprenta. Aunque esta tradición se paralizó durante varios siglos, debido a circunstancias históricas adversas, el genio creador chino no se extinguió. Los chinos son un pueblo industrioso, tenaz, sobrio, trabajador.

Modernización quiere decir adopción y adaptación de la civilización de Occidente, sobre todo de su ciencia y su técnica. Los chinos construyeron una civilización original, fundada en principios muy distintos a los europeos. Sin embargo, la civilización tradicional china no será un obstáculo para la modernización. Hace unos meses la revista inglesa *The Economist* señalaba que todos los países influidos por China, es decir, formados por el pensamiento político y moral de Confucio, se han modernizado más rápidamente que los países islámicos y que muchos católicos: Japón, Taiwan, Singapur, Corea del Sur y Hong Kong. Y agrega *The Economist*: «Si las cuatro modernizaciones tienen éxito, los milagros de Corea del Sur y Singapur parecerán manchas solares frente al sol de China.»[4] En la modernización de ese inmenso país la contribución norteamericana y la de Europa Occidental serán determinantes. Además, hay un hecho destinado a cambiar no sólo la historia de Asia sino la del mundo: la colaboración entre japoneses y chinos. Al comenzar este siglo, en una obra de ficción que era una anticipación política y filosófica, Soloviev preveía una colaboración entre la técnica japonesa y la mano de obra china. La fantasía del filósofo ruso probablemente se convertirá en realidad al finalizar este siglo.

El pasado chino, estoy seguro, no será un obstáculo para la modernización, como no lo fue el del Japón ni el de los otros países marcados por la influencia china. ¿Y el comunismo? En Rusia sus efectos han sido contradictorios: llevó a cabo la industrialización del país pero, en otros aspectos, lo ha hecho retroceder. El sinólogo Simon Leys, autor de perspicaces ensayos sobre Mao y su régimen, piensa que los chinos serán capaces de hacer con el marxismo lo que antes hicieron con el budismo: asimilarlo, cambiarlo y convertirlo en una

4. A la luz de estas experiencias hay que releer —y rectificar— el ensayo que Max Weber dedicó al confucianismo y al taoísmo en relación con la modernidad.

creación propia. ¿Por qué no? El genio chino es pragmático, imaginativo, flexible y nada dogmático; en el pasado logró una síntesis entre el puritanismo de Confucio y el anarquismo poético de Lao Tsé y Chuang Tseu: ¿dará mañana al mundo una versión menos inhumana del comunismo? En tal caso el gobierno de Pequín tendrá que emprender ahora mismo la *quinta modernización* que pide el disidente Wei Jin-sheng: la democrática.

Lo que llamamos *modernidad* nació con la democracia. Sin la democracia no habría ciencia, ni tecnología, ni industria, ni capitalismo, ni clase obrera, ni clase media, es decir, no habría modernidad. Claro, sin democracia puede construirse una gran máquina política y militar como la de Rusia. Aparte de que el costo social que ha tenido que pagar el pueblo ruso ha sido altísimo y doloroso, la modernización sin democracia tecnifica a las sociedades pero no las cambia. Mejor dicho: las convierte en sociedades estratificadas, en sociedades jerárquicas de castas. El caso de China es particularmente difícil porque en su historia no hay nada parecido a la democracia. Durante milenios estuvo gobernada por un sistema dual: por una parte, el Emperador, con la corte y el ejército; por otra, la casta de los mandarines. La alianza entre el trono y los mandarines fue una alianza inestable, rota una y otra vez pero una y otra vez reanudada. Aunque la revolución comunista cambió muchas cosas, el sistema dual continuó: por un lado, Mao, es decir, el Emperador y su gente; por el otro, el Partido Comunista, reencarnación de los antiguos mandarines. Alianza no menos inestable que la antigua, como lo probó la Revolución cultural. ¿Estos antecedentes significan que China no está hecha para la democracia? No, yo creo que la democracia es una forma política universal que puede ser adoptada por todos, a condición de que cada pueblo la adapte a su genio. Si China se orientase hacia la libertad, inauguraría una nueva era en la historia moderna. Es verdad que ni la ideología ni los intereses de los grupos dominantes permiten esperar que el régimen emprenda la modernización más ardua pero la única que vale la pena: la moral y política. Sin embargo, yo la espero: mi amor y mi admiración por el pensamiento, la poesía y el arte de ese país, son más fuertes que mi escepticismo.

Perspectiva latinoamericana

Ningún latinoamericano puede ser insensible al proceso de modernización en Asia y África. La historia de nuestros países, desde la Independencia, es la historia de distintas tentativas de modernización. A la inversa de japoneses y chinos, que han dado el salto hacia la modernidad desde tradiciones no occidentales, nosotros somos, por la cultura y por la historia, aunque no siempre por la raza, descendientes de una rama de la civilización donde se originó ese conjunto de actitudes, técnicas e instituciones que llamamos modernidad. Sólo que descendemos de la cultura española y portuguesa, que se apartaron de la corriente general europea precisamente cuando la modernidad se iniciaba. Durante el siglo XIX y el XX el continente latinoamericano ha adoptado sucesivos proyectos de modernización, todos ellos inspirados en el ejemplo norteamericano y europeo, sin que hasta la fecha ninguno de nuestros países pueda llamarse con entera propiedad *moderno*. Esto es cierto no sólo para naciones donde el pasado indio todavía está vivo —México, Guatemala, Perú, Ecuador, Bolivia— sino para aquellas que son casi enteramente de origen europeo, como Argentina, Uruguay y Chile. Por lo demás, tampoco España y Portugal son plenamente modernos. En nuestros países coexisten el burro y el avión, los analfabetos y los poetas de vanguardia, las chozas y las fábricas de acero. Todas estas contradicciones culminan en una: nuestras constituciones son democráticas pero la realidad real y ubicua es la dictadura. Nuestra realidad política resume la contradictoria modernidad latinoamericana.

Nuestros pueblos escogieron la democracia porque les pareció que era la vía hacia la modernidad. La verdad es lo contrario: la democracia es el resultado de la modernidad, no el camino hacia ella. Las dificultades que hemos experimentado para implantar el régimen democrático es uno de los efectos, el más grave quizá, de nuestra incompleta y defectuosa modernización. Pero no nos equivocamos al escoger ese sistema de gobierno: con todos sus enormes defectos, es el mejor entre todos los que hemos inventado los hombres. Nos hemos equivocado, eso sí, en el método para llegar a ella, pues nos hemos limitado a imitar los modelos extranjeros. La tarea que espera a los latinoamericanos y que requiere una imaginación que sea, a un tiempo, osada y realista, es encontrar en nuestras tradiciones aquellos gérmenes y raíces —los hay— para afincar y nutrir una democracia genuina. Es una tarea urgente y apenas si tenemos tiempo. Mi advertencia se justifica por lo siguiente: la disyuntiva tradicional de América Latina —democracia o dictadura militar— empieza a no tener vigencia. En los últimos años ha aparecido un tercer término: la dictadura burocrático-militar que, por un colosal equívoco histórico, llamamos «socialismo».

Para comprender más cabalmente los términos de la disyuntiva histórica a que se enfrentan nuestros pueblos, no tengo más remedio que repetir, brevemente, algunos de los conceptos de otro ensayo, *América Latina y la Democracia*, que aparece en otra parte del presente libro. La inestabilidad política de nuestros países comenzó al otro día de la Independencia. Por desgracia, los historiadores no han explorado las causas de esta inestabilidad o han dado explicaciones sumarias. Es claro, de todos modos, que las agitaciones y cuartelazos de América Latina corresponden a las violencias y perturbaciones de España y Portugal desde el siglo XIX. Son parte constitutiva de un pasado que no quiere irse: modernización significa abolición de ese pasado. Aunque los Estados Unidos no crearon la inestabilidad, sí la aprovecharon desde el principio. La aprovecharon y la fomentaron: sin esa inestabilidad quizá no habría sido posible su dominación. Otra consecuencia de la hegemonía norteamericana fue la de substraernos, por decirlo así, de la historia universal. Durante la dominación hispano-portuguesa nuestros países vivieron al margen del mundo, en un aislamiento que, como ha apuntado el historiador O'Gorman, fue fatal para nuestra educación política. Desde entonces somos pueblos de ensimismados, como los mexicanos, o ávidos de novedades de fuera, como los argentinos. La hegemonía norteamericana volvió a aislarnos: el problema central de nuestras cancillerías consistía en hallar la mejor manera de obtener la amistad de Washington o de evitar sus intrusiones. La cortina entre América Latina y el mundo se llamó doctrina Monroe.

A pesar de los cuartelazos y las dictaduras, la democracia había sido considerada, desde la Independencia, como la única legalidad constitucional de las naciones latinoamericanas, esto es, como la legitimidad histórica. Las dictaduras, incluso por boca de los dictadores mismos, eran interrupciones de la legitimidad democrática. Las dictaduras representaban lo transitorio y la democracia constituía la realidad permanente, incluso si era una realidad ideal o realizada imperfecta y parcialmente. El régimen cubano no tardó en perfilarse como algo distinto de las dictaduras tradicionales. Aunque Castro es un caudillo dentro de la más pura tradición del caudillismo latinoamericano, es también un jefe comunista. Su régimen se presenta como la nueva legitimidad revolucionaria. Esta legitimidad no sólo substituye a la dictadura militar *de facto* sino a la antigua legitimidad histórica: la democracia representativa con su sistema de garantías individuales y derechos humanos.

Para que se entienda bien en qué consiste esta novedad debo insistir en aquello que señalé más arriba: las dictaduras militares latinoamericanas jamás han pretendido substituir al régimen democrático y siempre han sido vistas como gobiernos transitorios de excepción. No pretendo absolver a las dictaduras. Más de una vez las he condenado: trato de mostrar su peculiaridad histórica. El régimen cubano se presenta como una nueva legitimidad que sustituye de manera permanente a la legitimidad democrática. Esta novedad no es menos importante que la presencia rusa en Cuba: trastorna las perspectivas tradicionales del pensamiento político latinoamericano y lo enfrenta a realidades que parecían, hace una generación, impensables.

Como es sabido, gracias a la instauración del régimen de Castro en Cuba y por una serie de azares, entre los cuales el decisivo fue la arrogancia y la ceguera del gobierno de los Estados Unidos, el poder soviético, sin haberlo buscado siquiera, como una dádiva de la historia, obtuvo una base política y militar en América. Sin embargo, antes del ingreso de Cuba en el bloque soviético, la política independiente del régimen revolucionario frente a Washington suscitó la admiración y el fervor casi unánime de los pueblos de América Latina y la amistad de muchos otros. Los revolucionarios cubanos —éste es un hecho que con frecuencia se olvida— también lograron conquistar la simpatía de buena parte de la opinión pública norteamericana, a pesar de que el gobierno de Estados Unidos había apoyado durante mucho tiempo a la mediocre y cruel dictadura de Batista. Pero Washington —recordando sin duda sus intervenciones en Guatemala, Santo Domingo y Nicaragua— adoptó una política a un tiempo desdeñosa y hostil. Castro entonces buscó la amistad de Moscú. Naturalmente las faltas y errores de los gobiernos norteamericanos no otorgan un carácter socialista a la victoria de Castro sobre Batista. Los clásicos del marxismo tenían una idea muy distinta de lo que debía ser una revolución socialista.

Más allá de la índole del movimiento de Castro y de la naturaleza histórica de su régimen, los norteamericanos recogen hoy los resultados de su inhabilidad —la verdadera palabra es insensibilidad— para comprender la nueva y cambiada realidad de América Latina. No sólo han tenido que aceptar la existencia, a unos cuantos kilómetros de sus costas, de un régimen abiertamente aliado a Moscú, sino que han sido impotentes para impedir que las tropas cubanas, armadas por la Unión Soviética, intervengan en África y que Fidel Castro emprenda frecuentes ofensivas diplomáticas en su contra. ¿La instauración del régimen castrista en Cuba es un signo del comienzo del ocaso de la hegemonía norteamericana? No sabría decir si efectivamente es un ocaso o un nublado pasajero. Lo que sí es seguro es que estamos ante una situación absolutamente nueva en América Latina. Por primera vez, después de cerca de dos siglos, una potencia no americana tiene una base política y estratégica en el continente. Para darse cuenta de la significación histórica de la presencia rusa en una nación de América Latina, hay que recordar su antecedente más conocido: la fracasada intervención de Napoleón III en México, a mediados del siglo pasado.

Las dictaduras militares de América Latina han recurrido siempre, para justificarse, a un pretexto: son un remedio excepcional y provisional contra el desorden y los excesos de la demagogia o contra las amenazas del exterior o, en fin, contra el «comunismo». Esta palabra designaba a todos los inconformes, los disidentes y los críticos. Pero ahora se ve que el comunismo —el verdadero: el sistema totalitario que ha usurpado el nombre y la tradición del socialismo— amenaza sobre todo y ante todo a la democracia. La pretendida justificación histórica de las dictaduras se deshace: al acabar con la democracia, abren el camino al asalto totalitario. No sé si se haya meditado en esto: Fidel Castro no derrocó a un gobierno democrático sino a un dictador corrompido. Ahora mismo, en América Central, no ha sido la pequeña democracia de Costa Rica sino el nuevo régimen que en Nicaragua ha sustituido al dictador Somoza, el que, ante nuestros ojos y día a día, se transforma en una dictadura comunista. La única defensa eficaz contra el totalitarismo es la legitimidad democrática.

En *América Latina y la Democracia* me he referido a los rasgos que caracterizan a la situación centroamericana: la fragmentación en pequeñas repúblicas que no son viables ni económica ni políticamente y que tampoco poseen clara identidad nacional (son fragmentos de un cuerpo despedazado); las oligarquías y el militarismo, aliados al imperialismo norteamericano y fomentados por éste; la ausencia de tradiciones democráticas y la debilidad de la clase media y del proletariado urbano; la aparición de minorías de revolucionarios profesionales procedentes de la alta burguesía y de la clase media, muchos de ellos educados en las escuelas católicas de la burguesía (generalmente de jesuitas), radicalizados por una serie de circunstancias que Freud podría explicar pero no Marx; la intervención de Cuba y de la Unión Soviética, que han armado a Nicaragua y han adiestrado a grupos guerrilleros de El Salvador y de otros países... En el momento de escribir estas líneas [5] es imposible prever cuál será el desenlace del conflicto centroamericano: ¿los norteamericanos serán capaces de resistir a la tentación de emplear la fuerza y de apoyarse en las dictaduras militares y en la extrema derecha?, ¿los grupos democráticos, que cuentan con el apoyo de las mayorías pero que están desorganizados, podrán rehacerse y vencer a los extremistas de izquierda y derecha? Aunque casi siempre fracasan esta clase de gestiones, quizá una acción decidida de Venezuela, México y Colombia, en conjunción —¿por qué no?— con la España socialista, podría prevenir una catástrofe y abrir un camino hacia una solución pacífica y democrática.[6] Ojalá que no sea demasiado tarde. La implantación de dictaduras comunistas en América Central —posibilidad que nuestros gobiernos, hasta ahora, han desestimado con incomprensible ligereza— tendría efectos terribles para la paz interior de México y para su seguridad exterior. Esos regímenes están consubstancialmente destinados, por razón misma de su naturaleza: ser milicias inspiradas por una ideología belicosa y expansionista, a buscar la dominación por medios violentos.

En los últimos años se multiplicaron las dictaduras militares en América del Sur y se fortalecieron las que ya existían. Sin embargo, al final de este período han aparecido signos e indicios de un regreso hacia formas más democráticas. El movimiento es particularmente perceptible en Brasil. Se trata de un hecho de inmensas consecuencias, a condición, claro, de que la tendencia continúe y se afirme. Brasil está destinado a ser una

5. Marzo de 1983.
6. Ya escritas estas líneas, se formó el grupo llamado Contadora, que incluye también a Panamá.

gran potencia y ha alcanzado ya un grado considerable de desarrollo. Su conversión a la democracia contribuiría poderosamente a cambiar la historia de nuestro continente y la del mundo. Hay, además, otros síntomas que devuelven el ánimo. La democracia venezolana se presenta ya como un régimen estable, sano y viable. Venezuela ha logrado crear una verdadera legitimidad democrática como Costa Rica. En México, sacudido por los sucesos de 1968, el régimen hizo reformas sensatas y se han hecho avances apreciables. La mayoría de los mexicanos ve en la democracia, ya que no el remedio a sus inmensos problemas, sí el mejor método para discutirlos y elaborar soluciones. Pero el caso de México es singular y de ahí que no sea ocioso detenerse un momento sobre su situación.

El 4 de julio de 1982 los mexicanos eligieron a un Presidente y a nuevos senadores y diputados. Las elecciones fueron notables tanto por el gran número de votantes como por la libertad y tranquilidad en que se realizaron. El pueblo mexicano mostró, otra vez, que su moral política es mejor y más sana que la de sus clases dirigentes: la burguesía, los políticos profesionales y los intelectuales. Dos meses después, el 1 de septiembre, esas mismas clases volvieron a manifestar su escasa vocación democrática. El país se enfrentaba (y se enfrenta) a una desastrosa situación económica. Las causas son bien conocidas: el deterioro de la economía mundial (inflación, desempleo, baja de los precios del petróleo y las materias primas, altas tasas de interés bancario, etc.); la imprevisora y aventurada gestión del gobierno mexicano, que una vez más se reveló incapaz de oír a todos aquellos que expresamos nuestra inquietud ante la forma desenvuelta en que se administraba la recién descubierta riqueza petrolera; [7] y la enfermedad endémica de los regímenes patrimonialistas como el mexicano: la corrupción y la venalidad de los funcionarios. La fuga de divisas —consecuencia pero no causa de la dolencia— precipitó la quiebra financiera. Aunque al Presidente saliente no le quedaban sino tres meses de

7. Véase el prólogo de *El Ogro Filantrópico* (1979).

gobierno, su respuesta fue fulmínea: nacionalizar la banca. Mejor dicho: estatificarla, pues ya era mexicana. La medida fue adoptada sin consulta ni previa discusión. Decidida en secreto, cuando fue hecha pública, el 1 de septiembre, sorprendió a todo el mundo, incluyendo a la mayoría de los Secretarios de Estado y, entre ellos, al mismísimo Ministro de Finanzas.

La opinión popular, apenas recobrada de su sorpresa, no tuvo oportunidad de manifestarse. El gobierno y su órgano político, el Partido Revolucionario Institucional, pusieron en movimiento todos sus inmensos recursos de propaganda en apoyo de la medida. Los medios de comunicación, unos por convicción y otros por temor a ser también estatificados, se unieron al coro oficial o guardaron un discreto silencio. Los dirigentes de la burocracia sindical movilizaron también a los trabajadores. Pero lo verdaderamente indicativo del estado de la moral pública fue la reacción de los grupos independientes: los banqueros y los empresarios protestaron con timidez; los partidos de izquierda y sus intelectuales, aplaudieron con entusiasmo. Sólo unos cuantos se atrevieron a criticar la decisión presidencial: algunos periodistas, tres o cuatro intelectuales y el partido de oposición Acción Nacional.[8] Se pueden tener opiniones contrarias, favorables o desfavorables, sobre la estatización de la banca; lo reprobable fue la forma en que se decretó, mezcla de albazo y sentencia sumarísima. Más bochornoso aún fue el silencio de unos y los ditirambos de otros.

¿Por qué los banqueros y los empresarios se quejaron *sotto-voce* y no fueron escuchados por la opinión popular? Pues porque muchos habían sido fieles puntales del régimen y, sobre todo, porque ninguno de ellos se preocupó jamás por mejorar la cultura política de México ni ayudó nunca en una tarea que no es de una clase sino de todos los mexicanos: crear un espacio po-

8. El examen más completo y penetrante de este suceso se encuentra en dos ensayos publicados en la revista *Vuelta*, uno de Enrique Krauze: *El timón y la tormenta* (n.º 71, octubre de 1982), y otro de Gabriel Zaid: *Un Presidente Apostador* (n.º 73, diciembre de 1982).

lítico de veras libre y abierto a todas las tendencias. Fueron y son grupos de presión, no de opinión. ¿Cómo hubieran podido ampararse en los principios democráticos si antes no habían movido un dedo para defenderlos y arraigarlos en nuestra vida pública? No menos triste fue la actitud de la izquierda y de sus intelectuales, sobre todo si se recuerdan sus recientes y ruidosas profesiones de fe democrátca y pluralista. A la manera de los hebreos fascinados por el becerro de oro, el decreto presidencial los hizo volver a su estadolatría. En lugar de reprobar la forma en que se había decidido la estatización, se apresuraron a saludarla como si fuese un acto realmente revolucionario. No se hicieron la pregunta básica que todos sus maestros se habrían hecho: ¿a qué grupo social beneficia la medida? Es claro que los favorecidos no han sido los trabajadores ni el pueblo en general sino la nueva clase, es decir, la burocracia estatal.[9] Se redobló así el poder del Gobierno, que en México ya es excesivo.

Las elecciones de julio de 1982 mostraron que la ma-

9. Me parece que he sido el primero en ocuparme del carácter de la burocracia política mexicana. Mi primera tentativa de descripción se encuentra en *El Laberinto de la Soledad* (1951) y en unas pocas páginas de *Corriente Alterna* (1967). Hay un examen más extenso en *Postdata* (1970) y después en varios ensayos de *El Ogro Filantrópico* (1979). La burocracia política mexicana es una expresión de un fenómeno general del siglo XX pero tiene características únicas. En realidad, la componen tres grupos distintos: la clase política propiamente dicha, asociada estrechamente al Partido de la Revolución Institucional; la tecnocracia gubernamental; y un grupo que no hay más remedio que llamar: *los cortesanos*. Estos últimos son una expresión del patrimonialismo mexicano, supervivencia histórica del absolutismo europeo de los siglos XVI, XVII y XVIII, transplantado a México por los Austria primero y después por la Casa de Borbón. Es un grupo formado por los amigos y los parientes de los Presidentes y de sus Ministros. La burocracia política mexicana, en sentido estricto, es una casta todavía no hereditaria —aunque tiende a serlo— de profesionales en el manejo político de los grupos, los individuos y las situaciones. Es un grupo inteligente, pragmático, activo y en el que las consideraciones ideológicas son secundarias. Recuerda un poco a los mandarines de la antigua China, aunque la mayoría de sus miembros no son letrados ni están formados en una tradición intelectual comparable a la de Confucio.

127

yoría de los mexicanos se inclina por las soluciones democráticas; los sucesos de septiembre confirmaron que ni la burguesía conservadora ni los partidos de izquierda y sus intelectuales ni la clase política gubernamental tienen verdadera vocación democrática. Son grupos prisioneros, unos de sus intereses y otros de su ideología. Para comprender la escasa independencia de los empresarios capitalistas y de los dirigentes de los sindicatos obreros, debo recordar que unos y otros han nacido y prosperado a la sombra del Estado mexicano, que ha sido el agente de la modernización del país. (Me he ocupado del tema en *El Ogro Filantrópico*, 1979.) La clase intelectual, por su parte, ha vivido insertada en la administración pública y sólo hasta hace unos pocos años los intelectuales han encontrado acomodo en las universidades, que han crecido y se han multiplicado. La función de la Iglesia y de las órdenes religiosas la cumplen ahora las universidades. El parecido se acentúa si se advierte que estas últimas son instituciones públicas estrechamente asociadas, como lo estaba la Iglesia de Nueva España, al Estado. Incluso puede decirse que su dependencia es mayor: la Iglesia fue inmensamente rica hasta la mitad del siglo XIX mientras que las universidades mexicanas viven de las subvenciones y donativos gubernamentales. La relación de los intelectuales mexicanos con el Estado no es menos ambigua que la de los clérigos novohispanos con el poder temporal: no es inexacto definirla como *independencia condicional*.

La incomunicación entre el país real y sus clases dirigentes, sin excluir a los intelectuales, es un hecho característico y persistente de la historia moderna de México. El pueblo no ha logrado articular sus quejas y sus necesidades en un pensamiento político coherente y en programas realistas porque las minorías intelectuales y políticas que, en otras partes, interpretan y dan forma a las confusas aspiraciones populares, entre nosotros están hipnotizadas por ideologías simplistas. Aquellos intelectuales que no son catequistas de las iglesias y sectas de izquierda, defienden el *statu quo*, donde están sus intereses. Otros, que son una minoría, prosiguen sus actividades específicas —la investigación, la enseñanza, la creación artística y literaria— y así preservan la frágil continuidad de nuestra cultura, hoy más amenazada que nunca. Pero son unos cuantos —un verdadero puñado— los intelectuales independientes que han asumido la función crítica y que se atreven a pensar por su cuenta. Otro obstáculo: los medios de comunicación están controlados, directa o indirectamente, por el gobierno. Además, la influencia de los ideólogos en la prensa diaria y semanal es preponderante. De ahí que las formas de expresión popular más socorridas sean el rumor y el chiste. Aclaro: no hay dictadura gubernamental sobre la opinión; hay incomunicación entre el México real y los que, normalmente, deberían ser sus voceros e intérpretes. A pesar de todas estas adversas circunstancias, la opinión pública rechaza más y más el patrimonialismo y paternalismo del régimen y aspira a una vida pública libre y democrática. Es un clamor general y sería muy peligroso que nuestros gobernantes lo desdeñasen.

La misma evolución se advierte en el resto del continente. En Colombia la democracia no sólo se defiende: al persistir, avanza. Perú y Ecuador regresan a las formas democráticas y lo mismo ocure en Bolivia. En Uruguay hubo elecciones adversas a los militares. Los desterrados comienzan a regresar a Chile, signo de que quizá no está demasiado lejos un cambio. En Argentina hay indicios de que se prepara una vuelta a la democracia. En suma, no parece arriesgado presumir que asistimos a un viraje histórico. Si la tendencia que he descrito sumariamente se fortificase y se extendiese, los latinoamericanos podríamos comenzar a pensar en acciones democráticas conjuntas y que respondan a los intereses reales de nuestros pueblos. Hasta ahora hemos jugado el juego de las grandes potencias. El momento es propicio para intentar una política continental que sea nueva y nuestra. Tal vez no sea del todo ilusorio pensar que podrían contribuir a este renacimiento dos nuevas democracias europeas a las que nos unen la historia y la cultura: España y Portugal. Creo que se abren coyunturas para una acción democrática continental que no venga de fuera sino de nuestros países mismos. Una alianza de naciones democráticas latinoamericanas no sólo haría reflexionar a Washington sino que podría cambiar a nuestro continente. Pienso en dos contribuciones esenciales: la primera sería ayudar a la verdadera modernización de nuestros pueblos, es decir, a la instauración de auténticas democracias; la segunda consistiría en fundar de nuevo y sobre bases más sólidas la independencia latinoamericana. En el mundo moderno democracia e independencia son términos afines: una democracia que no es independiente no es verdadera democracia. Pero no tenemos mucho tiempo: ya comienza a ser tarde y el cielo sigue nublado.

UNA MANCHA DE TINTA

Bajo un sol sin violencia fluían las horas sosegadas.
La tarde se acababa y yo, distraído, seguía con mente
indecisa un hilo de luz cayendo sobre los papeles de
mi mesa. Atrás de la ventana unas vagas azaleas, quie-
tas en la luz tardía. De pronto vi una sombra levantarse
de la página escrita, avanzar en dirección de la lámpa-
ra y extenderse sobre la cubierta rojiza del diccionario.
La sombra creció y se convirtió en una figura que no
sé si llamar humana o titánica. Tampoco podría decir
su tamaño: era diminuta y era inmensa, caminaba entre mis libros y su sombra cubría el universo. Me miró
y habló. Mejor dicho: oí lo que me decían sus ojos
—aunque no sé si tenía ojos y si esos ojos me miraban:

ÉL: ¿Ya terminaste «Tiempo nublado»?
YO *(Asentí con la cabeza)*: ¿Quién eres o qué eres?
ÉL: Mi nombre es Legión. Sin cesar cambio de nombre
y de forma, soy muchos y soy ninguno; siempre
estoy preso en mí mismo y no logro asirme. Un
bizantino me llamó Lucífugo: una obscuridad
errante y enemiga de la luz. Pero mi sombra es
luz, como la de Aciel, el sol negro. Soy luz vertida
hacia dentro, luz al revés. Llámame Eçul.
YO: Ya sé quién eres y de dónde vienes.
ÉL: Sí, vengo del Canto Primero de ese libro *(y señaló
un volumen encuadernado a la holandesa)*. Pero no
se menciona mi nombre. Soy uno del séquito.
YO: ¿De quién?
ÉL: De un príncipe. Su nombre no te diría nada.
YO: ¿A qué vienes?
ÉL: A disuadirte. Andas perdido en el tiempo o, como

ustedes dicen, en la historia. Buscas rumbo: ¿lo encontraste?

YO: No. Pero ahora sé que las revueltas se petrifican en revoluciones o se transfiguran en resurrecciones.

ÉL: No es nuevo. Es tan viejo como la presencia de ustedes sobre este planeta.

YO: Es nuevo para mí. Nuevo para nosotros, los que vivimos ahora.

ÉL: ¿También te parece nuevo el pleito de los dos poderes? Acuérdate de Roma y Cartago...

YO: No, no es nuevo. Sin embargo, no es lo mismo. Parecido no es identidad.

ÉL: ¡Qué ilusión! ¿No has notado otro parecido más... impresionante?

YO: ¿Cuál?

ÉL: ¿Te acuerdas, en este libro *(y volvió a señalar el volumen)* de la asamblea en Pandemónium?

YO: No te entiendo.

ÉL *(Impaciente)*: La tierra se ha vuelto un infernáculo en el que los diablos jugamos a la guerra con los hombres.

YO: Te digo que no entiendo.

ÉL: No has leído bien a tus poetas. *(Didáctico.)* Allá en Pandemónium hay dos grandes príncipes, inferiores en poder sólo a Luzbel. El primero *(empezó a declamar)* «es un Rey horrible embadurnado de la sangre de los sacrificados y de las lágrimas de los padres que no logran oír, ahogados por el ruido de los címbalos y los crótalos, los gritos de sus hijos en los brazos de fuego del torvo ídolo».

YO: ¡Ah, Moloc, el dios de los amonitas!

ÉL: Y de los hebreos. ¿No sabes *(bajó la voz)* que la deidad a la que sacrificaban niños era Yahweh? Esto pasaba en tiempos de Achaz y Manasses. Tus estudios bíblicos son muy deficientes. Tal vez lo conozcas por otro de sus nombres: Ares.

YO: Marte...

ÉL: Huitzilopochtli, Tezcatlipoca, Odín, Thor...

YO: Y Kali que lame con su lengua inmensa los campos de batalla y escarba con las uñas los camposantos.

132

ÉL: El otro príncipe no anda con la cabeza en alto como el gran Moloc sino mirando hacia abajo. ¿Humildad? No: escudriña, busca riquezas escondidas. Él les enseñó a ustedes a explorar —el poeta dice: saquear pero exagera— las entrañas de la tierra. Cuando vivíamos en las alturas *(volvió a declamar)* «levantó torres altivas, moradas de luz para los serafines... hasta que, despeñado desde las almenas cristalinas, cayó sin fin del alba al mediodía y del mediodía a la noche, todo un largo día de verano... cayó con todas sus máquinas, sus ingeniosos aparatos y sus industriosos discípulos... condenado a construir en el infierno». *(Pausa.)* Desde entonces cojea un poco...

YO: Hefestos, Vulcano...

ÉL: Mammón es su verdadero nombre. Patrón de los herreros, los comerciantes, los ingenieros, los mecánicos, los banqueros, los mineros... Un dios sagaz, emprendedor, industrioso. Un dios exigente. Mateo dijo: «No puedes servir a Dios y a Mammón.» Ergo: sirve a Mammón.

YO: ¡Un diablo versado en las Escrituras!

ÉL *(Sin hacerme caso)*: En Pandemónium se discutió una vez —y lo que allá se discute una vez se discute siempre porque sucesión y repetición, cambio e identidad son lo mismo para nosotros— cómo podríamos recobrar el bien perdido. Fue al otro día de la Caída. Se levantó «el más fuerte y fiero de los espíritus que combatieron en las batallas del Empíreo», Moloc, y dijo: «¿Cómo, fugitivos del cielo, podemos demorarnos sentados aquí y aceptar como albergue este cubil oprobioso mientras millones armados esperan la señal para asaltar las alturas? El tirano reina allá sólo por nuestra tardanza...» Moloc incitó a la insurrección y a la guerra. Después habló Belial, que aconsejó prudencia. Pero el discurso que nos sorprendió a todos, y que todavía nos sorprende, fue el de Mammón... aunque el Maligno frunce el ceño cada vez que lo cito.

YO: ¿Por qué?

ÉL: Mammón no propuso ni el levantamiento del soberbio Moloc ni la sumisión del hipócrita Belial: «puesto que no podemos derrocar al Altísimo ni obtener su perdón (y aun si esto último fuese posible: ¿a quién no le humillaría pasarse el día celebrándolo con forzadas aleluyas? Qué monótona eternidad sería la nuestra si la pasásemos en adorar al que odiamos...). No, no nos empeñemos en lo imposible ni nos resignemos a lo inaceptable: hay que buscar el bien propio en nosotros mismos y vivir libres en esta vasta guarida, sin dar cuenta a nadie de lo que hacemos. La dura libertad es preferible al yugo y a la pompa servil... ¿La oscuridad de este hoyo nos amedrenta? La traspasaremos con luces imitadas de la suya. ¿Nos espanta esta desolación? Tenemos ingenio y perseverancia para levantar magnificencias... Nuestras mismas torturas, por obra del tiempo y la costumbre, se convertirán en una segunda naturaleza y los fuegos que nos martirizan serán caricias...». La arenga de Mammón levantó en el Averno un clamor de aplausos semejante al de la tormenta cuando sacude al mar y hace resonar las rocas y oquedades del promontorio. Entonces Belcebú...

YO: Ahora entiendo la inquietud de Satán. El discurso de Mammón era desviacionista. Con su astuto programa de reformas pretendía distraer al pueblo infernal de su tarea más urgente y, por decirlo así, de su misión histórica: la insurrección y la toma del cielo... Lo que todavía no entiendo es lo del parecido.

ÉL: Eres duro de cabeza. Piensa en Moloc y en su llamamiento: unirnos todos para asaltar al cielo con millones y millones de fanáticos rebeldes. ¿Qué te recuerda todo eso?

YO: Claro, Rusia. ¡Es un feudo de Moloc!

ÉL: Exacto. Ahora piensa en Mammón y en su idea de hacer habitable el infierno por el trabajo, la industria, el comercio y la «dura libertad»...

YO: ¡Los Estados Unidos y las democracias capitalistas! Son colonias de Mammón.

ÉL: La historia de los hombres es la representación...

134

YO: ...de la disputa de los diablos.

ÉL: *¡Ecco!* Aprendiste la lección.

YO: Tate, tate... Aún si fuese cierto que la historia no es sino una pieza de teatro escrita por ustedes —habría que escoger el mal menor.

ÉL *(Escandalizado):* El mal no es mayor ni menor. El mal es el mal.

YO: ¡Y tú lo dices, tú que inventaste la negación y con ella dividiste a la eternidad y la hiciste tiempo sucesivo, historia! Hablas como Gabriel y Miguel, soldados del Absoluto.

ÉL *(Conciliador):* Nosotros estamos condenados a vivir en el tiempo. Somos eternos y caímos para siempre, sí, para siempre, en lo relativo: ése es nuestro castigo. Pero ustedes no... ustedes pueden, con un salto, escapar del tiempo y sus querellas demoníacas. ¿No llaman a eso libertad?

YO: ¿Qué pretendes? Moloc proclama absoluto a su combate, Mammón decreta que la riqueza es el bien supremo; ustedes han hecho siempre de lo relativo un absoluto, de la criatura un Dios y del instante una falsa eternidad. Y ahora tú me dices lo contrario: lo relativo es relativo sin remisión y es demoníaco. Me pides que abandone las disputas terrestres y mire hacia arriba... Otro engaño, otra trampa.

ÉL: Sigues preso en el tiempo. Acuérdate: «Nada me desengaña / el mundo me ha hechizado.» Hay que desprenderse, dar el salto, ser libre. La palabra es *desprendimiento*.

YO: ¡Tramposo! Vivimos en el tiempo y debemos hacer frente al tiempo. Sólo así, quizá, un día podremos vislumbrar el no tiempo. Política y contemplación: eso fue lo que dijo Platón y lo que han repetido, a su modo cada uno, Aristóteles y Marco Aurelio, Santo Tomás y Kant. En lo relativo hay huellas, reflejos de lo absoluto; en el tiempo cada minuto es semilla de eternidad. Y si no fuese así, no importa: cada acto relativo apunta hacia un significado que lo trasciende.

ÉL: ¡Filosofastro!

YO: Tal para cual... Vivimos en el tiempo, estamos hechos de tiempo y nuestras obras son tiempo: pasan y pasamos. Pero podemos ver, a veces, en el cielo nublado, una claridad. Quizá no hay nada atrás y lo que ella nos muestra es su propia transparencia.

ÉL *(Con avidez)*: ¿Y es bastante? ¿Te basta con ese reflejo de un reflejo?

YO: Me basta, nos basta. Somos lo contrario de ustedes: no podemos renunciar ni al acto ni a la contemplación.

ÉL *(Con otra voz)*: Para nosotros ver y hacer es lo mismo —y se resuelve en nada. Todos nuestros discursos elocuentes terminan en silbidos de víbora... Somos espíritus caídos en el tiempo pero no somos tiempo: somos inmortales. Ésa es nuestra condena: eternidad sin esperanza.

YO: Somos hijos del tiempo y el tiempo es esperanza.

Tras la ventana, las azaleas se habían fundido con la noche. Sobre la hoja de papel, en un hueco entre dos párrafos, advertí una pequeña mancha de tinta. Pensé: un agujero de luz negra.

México, a 22 de marzo de 1983

136

SEGUNDA PARTE

LOS DÍAS QUE CORREN

I

MÉXICO Y ESTADOS UNIDOS:
POSICIONES Y CONTRAPOSICIONES

POBREZA Y CIVILIZACIÓN

Si el hombre no es el rey de la creación, sí es la excepción de la naturaleza, la singularidad que desafía a todas las reglas y definiciones. Los científicos se asombran ante el comportamiento inesperado y, en cierto modo, caprichoso, de las partículas elementales pero ¿qué son esas excentricidades físicas frente a las extravagancias psicológicas y morales de un Nerón o un San Francisco de Asís? La historia de las sociedades no es menos rica en irregularidades y extrañezas que las biografías de los individuos: ¿qué es la antropología si no la descripción de costumbres insólitas y ritos delirantes? Las sociedades son imprevisibles como los individuos y de ahí que el catálogo de las profecías fallidas de los sociólogos, sin excluir a los más grandes, sea mayor y más impresionante que el de los astrólogos y clarividentes. La historia acumula incoherencias y contrasentidos con una suerte de humor a un tiempo involuntario y perverso. Cuando estuve en la India, ante el espectáculo de las continuas disputas entre hindúes y musulmanes, me hice más de una vez la misma pregunta: ¿por qué accidente o fatalidad histórica tenían que convivir en la misma sociedad dos religiones manifiestamente inconciliables como el hinduismo y el islamismo? La presencia del monoteísmo más puro e intransigente en el interior de una civilización que ha elaborado el más complejo y perfecto politeísmo me parecía una verificación de la indiferencia con que la historia perpetra sus crueles paradojas. Cierto, la pareja contradictoria que forman en la India el hinduismo y el islamismo no podía sorprenderme: ¿cómo olvidar que yo mismo era (y soy) parte de una paradoja no menos peregrina: la de México y los Estados Unidos?

Nuestros países son vecinos y están condenados a vivir el uno al lado del otro; sin embargo, más que por fronteras físicas y políticas, están separados por diferencias sociales, económicas y psíquicas muy profundas. Esas diferencias saltan a la vista y una mirada superficial podría reducirlas a la conocida oposición entre desarrollo y subdesarrollo, riqueza y pobreza, poderío y debilidad, dominación y dependencia. Pero la diferencia de veras básica es invisible; además, quizá es infranqueable. Para comprobar que no pertenece al dominio de la economía ni del poderío político basta con imaginar a un México de pronto convertido en un país próspero y pujante, una superpotencia como los Estados Unidos: las diferencias, lejos de desaparecer, serían más netas y acusadas. La razón es clara: estas diferencias no son únicamente cuantitativas sino que pertenecen al orden de las civilizaciones. Lo que nos separa es aquello mismo que nos une: somos dos versiones distintas de la civilización de Occidente.

Desde que los mexicanos comenzaron a tener conciencia de identidad nacional, a mediados del siglo XVIII, se interesaron en sus vecinos. Al principio con una mezcla de curiosidad y desdén; después, con admiración y entusiasmo, pronto teñidos de temor y de envidia. La idea que tiene el pueblo de México de los Estados Unidos es contradictoria, pasional e impermeable a la crítica; más que una idea es una imagen mítica. Lo mismo puede decirse de la visión de nuestros intelectuales y escritores. Algo semejante ocurre con los norteamericanos, trátese de escritores o de políticos, de hombres de negocios o de simples viajeros. No olvido la existencia de un puñado de admirables estudios de varios especialistas norteamericanos, particularmente en el campo de la arqueología y en el de la historia antigua y moderna de México; por desgracia, por más meritorios que sean esos trabajos, no sustituyen a lo que más falta nos hace: una visión a un tiempo global y penetrante. Cierto, las observaciones de los novelistas y poetas que han escrito sobre temas mexicanos, han sido con frecuencia brillantes y, a veces, han dado en el blanco. Sin embargo, sus percepciones han sido fragmentarias y, como dice un crítico que ha dedicado un libro al tema (Drewey Wayne Gunn: *American and British writers in México*) revelan menos la realidad de México que la personalidad de esos autores. En general los norteamericanos no han buscado a México en México; han buscado sus obsesiones, sus entusiasmos, sus fobias, sus esperanzas, sus intereses —y eso es lo que han encontrado. En suma, la historia de nuestras relaciones es la de un mutuo y pertinaz engaño, generalmente —aunque no siempre— involuntario.

Las diferencias entre México y Estados Unidos no son, claro está, proyecciones imaginarias sino realidades objetivas. Unas son de carácter cuantitativo y pueden explicarse por el desarrollo social, económico e histórico de los dos países. Otras, las más permanentes, aunque también son el resultado de la historia, no son fácilmente definibles ni mensurables. Ya señalé que pertenecen al orden de las civilizaciones, esa zona fluida, de contornos indecisos, en la que se funden y confunden las ideas y las creencias, las instituciones y las técnicas, los estilos y la moral, las modas y las iglesias, la organización material y esa realidad evasiva que llamamos no muy exactamente «el genio de los pueblos». La realidad que nombra la palabra civilización no se deja definir con facilidad. Es la visión del mundo de cada sociedad pero asimismo es su sentimiento del tiempo: hay pueblos lanzados hacia el futuro y otros que tienen los ojos fijos en el pasado. Civilización es el estilo, la manera que tiene una sociedad de vivir, convivir y morir. Comprende a las artes eróticas y a las culinarias; a la danza y al entierro; a la cortesía y a la injuria; al trabajo y al ocio; a los ritos y a las fiestas; a los castigos y a los premios; al trato con los muertos y con los fantasmas que pueblan nuestros sueños; a las actitudes ante las mujeres y los niños, los viejos y los extraños, los enemigos y los aliados; a la eternidad y al instante;

al aquí y al allá... Una civilización no sólo es un sistema de valores: es un mundo de formas y de conductas, de reglas y excepciones. Es la parte visible de una sociedad —instituciones, monumentos, ideas, obras, cosas— pero sobre todo es su parte sumergida, invisible: las creencias, los deseos, los miedos, las represiones, los sueños.

NORTE Y SUR

Los puntos cardinales nos han servido para orientarnos no sólo en el espacio sino en la historia. La dualidad Este/Oeste adquirió pronto una significación más simbólica que geográfica y se convirtió en un emblema de la oposición entre civilizaciones. Lo mismo sucedió con Norte/Sur. La oposición Este/Oeste ha sido vista siempre como la básica y primordial; alude a la marcha del Sol y así es una imagen de la dirección y el sentido de nuestro vivir y morir. La relación Este/Oeste simboliza dos direcciones, dos actitudes, dos civilizaciones. Cuando se cruzan, hay choque guerrero o, más raramente, esa milagrosa conjunción que llamamos «coincidencia de los opuestos». La dualidad Norte/Sur se refiere más bien a la oposición de modos de vida y de sensibilidad. Las diferencias entre el Norte y el Sur pueden ser oposiciones dentro de una misma civilización.

Es claro que tanto desde el punto de vista geográfico como simbólico, la oposición entre México y los Estados Unidos pertenece a la dualidad Norte/Sur. Esta oposición es muy antigua y se despliega ya en la América precolombina, de modo que es anterior a la existencia misma de los Estados Unidos y México. El norte del continente estaba poblado por naciones nómadas y guerreras; Mesoamérica, en cambio, conoció una civilización agrícola, dueña de complejas instituciones sociales y políticas, dominada por teocracias guerreras que inventaron rituales refinados y crueles, un gran arte y vastas cosmogonías inspiradas por una visión muy original del tiempo. La gran oposición de la América precolombina —en el territorio que ahora ocupan Canadá,

Estados Unidos y México— no fue, como en el Antiguo Mundo, entre civilizaciones distintas sino entre modos de vida diferentes: nómadas y sedentarios, cazadores y agricultores. Esta división tuvo una gran influencia en el desarrollo posterior de los Estados Unidos y de México. La política de los ingleses y los españoles frente a los indios americanos estuvo determinada, en buena parte, por este hecho: no fue indiferente que los primeros fundasen sus establecimientos en el territorio de los nómadas y los segundos en el de los sedentarios.

Las diferencias entre los españoles e ingleses que fundaron Nueva Inglaterra y Nueva España no eran menos acusadas y decisivas que las que separaban a los indios nómadas de los sedentarios. De nuevo: fue una oposición en el interior de la misma civilización. Del mismo modo que la visión del mundo y las creencias de los indios americanos brotaban de una fuente común, independientemente de su modo de vida, los españoles y los ingleses compartían los mismos principios y la misma cultura intelectual y técnica. Sin embargo, la oposición entre ellos era tan profunda, aunque de otro género, como la que dividía a un azteca de un iroqués. Así, sobre la antigua oposición entre nómadas y sedentarios se injertó la nueva oposición entre ingleses y españoles. Se han descrito muchas veces las distintas y divergentes actitudes de españoles e ingleses. Todas ellas se resumen en una diferencia fundamental y en la que, quizá, está el origen de la distinta evolución de nuestros países: en Inglaterra triunfó la Reforma mientras que España fue la campeona de la Contrarreforma.

Como todos sabemos, el movimiento reformista tuvo en Inglaterra consecuencias políticas que fueron decisivas en la formación de la democracia anglosajona. En España la evolución se hizo en dirección opuesta. Vencida la última resistencia musulmana, España realizó su precaria unidad política, no nacional, a través de alianzas dinásticas. Al mismo tiempo, la monarquía suprimió las autonomías regionales y las libertades municipales, cerrando el paso a una posible evolución hacia una ulterior democracia moderna. Por último, España estaba profundamente marcada por la dominación árabe y en ella perduraba aún, doble herencia cristiana y musulmana, la noción de cruzada y guerra santa. En España se yuxtaponían, sin fundirse enteramente, los rasgos de la edad moderna que comenzaba y los de la antigua sociedad. El contraste con Inglaterra no podía ser más señalado. La historia de España y la de sus antiguas colonias, desde el siglo XVI, es la de nuestras ambiguas relaciones —atracción y repulsión— con la edad moderna. Ahora mismo, en el crepúsculo de la modernidad, no acabamos de ser modernos.

El descubrimiento y la conquista de América son acontecimientos que inauguran la historia moderna pero España y Portugal los llevaron a cabo con la sensibilidad y el temple de la Reconquista. A los soldados de Cortés, asombrados ante las pirámides y templos de mayas y aztecas, no se les ocurrió nada mejor que compararlos con las mezquitas del Islam. Conquista y evangelización: estas dos palabras, profundamente españolas y católicas, son también profundamente musulmanas. La conquista no sólo significaba la ocupación de territorios extraños y la sumisión de sus habitantes sino la conversión de los vencidos. La conquista se legitimaba por la conversión. Esta filosofía político-religiosa era diametralmente opuesta a la de la colonización inglesa: la noción de evangelización tuvo un lugar secundario en la expansión colonial inglesa.

Los dominios españoles nunca fueron realmente colonias, en el sentido tradicional de esta palabra: Nueva España y Perú fueron virreinatos, reinos súbditos de la Corona de Castilla como los otros reinos españoles. En cambio, los establecimientos ingleses en Nueva Inglaterra y en otras partes fueron colonias en la acepción clásica del término, es decir, comunidades instaladas en un territorio extraño y que conservan sus lazos culturales, religiosos y políticos con la madre patria. Esta diferencia de actitudes se combinó con la diferencia de condiciones culturales que encontraron ingleses y españoles: indios nómadas y sedentarios, sociedades primitivas y sociedades urbanas. La política española de sumisión y conversión no hubiera podido aplicarse a las belicosas naciones indias del Norte con la misma facilidad con que se aplicó a las poblaciones sedentarias de Mesoamérica, como pudo verse cuando, un siglo después, la conquista española se extendió a los territorios de los nómadas, en lo que hoy es el norte de México y el sur de los Estados Unidos. Los resultados de este doble y contradictorio conjunto de circunstancias fueron decisivas: sin ellas nuestros países no serían lo que son.

Los españoles exterminaron a las clases dirigentes de Mesoamérica, especialmente a la casta sacerdotal, es decir, a la memoria y al entendimiento de los vencidos. La aristocracia guerrera que escapó a la destrucción fue absorbida por la nobleza, la iglesia y la burocracia. La política española frente a los indios tuvo una doble consecuencia: por una parte, al reducirlos a la servidumbre, se convirtieron en una mano de obra barata y fueron la base de la sociedad jerárquica novo-hispana; por la otra, cristianizados, sobrevivieron lo mismo a las epidemias que a la servidumbre y fueron una parte constitutiva de la futura nación mexicana.

Los indios son el hueso de México, su realidad primera y última.

Al mestizaje racial hay que agregar el religioso y el cultural. El cristianismo que trajeron a México los españoles era el catolicismo sincretista romano que había asimilado a los dioses paganos, convirtiéndolos en santos y diablos. El fenómeno se repitió en México: los ídolos fueron bautizados y en el catolicismo popular mexicano están presentes, apenas recubiertos por una película de cristianismo, las antiguas creencias y divinidades. Lo indio impregna no sólo la religión popular de México sino la vida entera de los mexicanos: la familia, el amor, la amistad, las actitudes ante el padre y la madre, las leyendas populares, las formas de la cortesía y la convivencia, la cocina, la imagen de la autoridad y el poder político, la visión de la muerte y el sexo, el trabajo y la fiesta. México es el país más español de América Latina; al mismo tiempo, es el más indio. La civilización mesoamericana murió de muerte violenta pero México es México gracias a la presencia india. Aunque la lengua y la religión, las instituciones políticas y la cultura del país son occidentales, hay una vertiente de México que mira hacia otro lado: el lado indio. Somos un pueblo entre dos civilizaciones y entre dos pasados. En los Estados Unidos no aparece la dimensión india. Ésta es, a mi juicio, la diferencia mayor entre los dos países. Los indios que no fueron exterminados fueron recluidos en las «reservations». El horror cristiano a la «naturaleza caída» se extendió a los naturales de América: los Estados Unidos se fundaron sobre una tierra sin pasado. La memoria histórica de los norteamericanos no es americana sino europea. De ahí que una de las direcciones más poderosas y persistentes de la literatura norteamericana, de Whitman a William Carlos Williams y de Melville a Faulkner, haya sido la búsqueda (o la invención) de raíces americanas. Voluntad de encarnación, obsesión por arraigar en la tierra americana: a este impulso le debemos algunas de las obras centrales de la época moderna.

La situación de México, tierra de pasados superpuestos, es precisamente la contraria. La ciudad de México fue levantada sobre las ruinas de México-Tenochtitlán, la ciudad azteca, que a su vez fue levantada a semejanza de Tula, la ciudad tolteca, construida a semejanza de Teotihuacán, la primera gran ciudad del continente americano. Esta continuidad de dos milenios está presente en cada mexicano. No importa que esa presencia sea casi siempre inconsciente y que asuma las formas ingenuas de la leyenda y aun de la superstición. No es un conocimiento sino una *vivencia*. La presencia de lo indio significa que una de las facetas de la cultura mexicana no es occidental. ¿Hay algo semejante en los Estados Unidos? Cada uno de los grupos étnicos que forman la democracia multirracial que son los Estados Unidos posee su propia cultura y tradición y algunos de éstos —por ejemplo: los chinos y los japoneses— no son occidentales. Esas tradiciones coexisten con la tradición central norteamericana sin fundirse con ella. Son cuerpos extraños dentro de la cultura norteamericana. Incluso en algunos casos —el más notable es el de los chicanos— las minorías defienden sus tradiciones contra o frente a la tradición norteamericana. La resisten-

146

cia de los chicanos no sólo es política y social sino cultural.

DENTRO Y FUERA

Si pudiesen condensarse en dos palabras las distintas actitudes del catolicismo hispánico y del protestantismo inglés, diría que la actitud española fue *inclusiva* y la inglesa *exclusiva*. En la primera las nociones de conquista y dominación están aliadas a las de conversión y absorción; en la segunda, conquista y dominación no implican la conversión del vencido sino su separación. Una sociedad inclusiva, fundada en el doble principio de la dominación y la conversión, tenía que ser jerárquica, centralista y respetuosa de las particularidades de cada grupo: estricta división de clases y grupos, cada uno regido por leyes y estatutos especiales y todos creyentes en la misma fe y obedeciendo al mismo señor. Una sociedad exclusiva tenía que separarse de los nativos, sea por la exclusión física o el exterminio; al mismo tiempo, puesto que cada comunidad era una asociación de hombres puros y aparte de los otros, tendía al igualitarismo entre ellos y a asegurar la autonomía y la libertad de cada grupo de creyentes. Los orígenes de la democracia norteamericana son religiosos y en las primeras comunidades de Nueva Inglaterra está ya presente esa doble y contradictoria tensión entre libertad e igualdad que ha sido el *leit-motif* de la historia de los Estados Unidos.

La oposición que acabo de esbozar se expresa con gran nitidez en dos términos religiosos: *comunión/pureza*. Esta oposición marcó profundamente las actitudes ante el trabajo, la fiesta, el cuerpo y la muerte. Para la sociedad de Nueva España el trabajo ni redime ni es valioso por sí mismo. El trabajo manual es *servil*. El hombre superior ni trabaja ni comercia: guerrea, manda, legisla. También piensa, contempla, ama, galantea, se divierte. El ocio es noble. El trabajo es bueno porque produce riqueza pero la riqueza es buena porque está destinada a gastarse y consumirse en esos holocaustos que son las guerras, la construcción de templos y palacios, el boato y las fiestas. Formas distintas de la disipación de las riquezas: el oro brilla en los altares o se derrama en la fiesta. En México todavía, al menos en las ciudades pequeñas y en los pueblos, el trabajo es la antesala de la fiesta. El año gira en torno al eje doble del trabajo y la fiesta, la acumulación y el gasto. La fiesta es simultáneamente suntuosa e intensa, vivaz y fúnebre; es un frenesí vital y multicolor que se disipa en humo, cenizas, nada. Estética de la perdición: la fiesta está habitada por la muerte.

Los Estados Unidos no han conocido realmente el arte de la fiesta, salvo en los últimos años con el triunfo del hedonismo sobre la antigua moral protestante. Es natural: una sociedad que afirmaba con tal energía el valor redentor del trabajo, tenía que reprobar como una depravación el culto a la fiesta y la fascinación por el gasto. La condenación protestante era más religiosa que económica. Pero la conciencia puritana no podía ver que el valor de la fiesta era precisamente un valor religioso: la comunión. En la fiesta el elemento orgiástico es central: vuelta al origen, regreso al estado primordial, en el que cada uno se funde al gran todo. Toda fiesta verdadera es religiosa porque toda fiesta es comunión y pureza. Para los puritanos y sus herederos, el trabajo es redentor porque libera al hombre y esa liberación es una señal de la elección divina. El trabajo es una purificación que es asimismo una separación: el elegido asciende, rompe los lazos con la tierra, que son las leyes de la caída. Para los mexicanos, la comunión representa justamente lo contrario: no la separación sino la participación, no la ruptura sino la conjunción, la gran mezcla universal, el gran baño en las aguas del comienzo, un estado más allá de pureza e impureza.

La situación del cuerpo es inferior en el cristianismo. Pero el cuerpo es una potencia siempre activa y sus explosiones pueden destruir a una civilización. Por esto sin duda la Iglesia pactó desde el principio con el cuerpo. Si no lo restauró en el lugar que ocupaba en la sociedad grecorromana, sí trato de devolverle su dignidad: el cuerpo es «naturaleza caída» pero, en sí mismo, es inocente. Después de todo el cristianismo, a la inversa del budismo, es la religión de un dios encarnado. El dogma de la resurrección de los cuerpos es contemporáneo del cristianismo primitivo; bastante más tarde, en la Edad Media, apareció el culto a la Virgen. Ambas creencias son las dos expresiones más altas de esta voluntad de encarnación del espiritualismo cristiano. Las dos fueron transportadas a Mesoamérica con la cultura española y se fundieron inmediatamente, el primero con los cultos fúnebres de los indios y, el segundo, con la adoración a las diosas de la fecundidad y la guerra.

La visión de la muerte de los mexicanos modernos, que es asimismo esperanza de resurrección, está impregnada tanto de la escatología católica como del naturalismo indio. La muerte mexicana es corporal, exactamente lo contrario de la muerte norteamericana, que es abstracta y desencarnada. Para los mexicanos, la muerte se ve y se toca: es el cuerpo deshabitado por el alma, el montón de huesos que, de alguna manera, como en el poema azteca, ha de reflorecer. Para los norteamericanos, la muerte es lo que no se ve: la ausencia, la desaparición de la persona. En la conciencia puritana la muerte estaba presente siempre pero como una presencia incorpórea, una entidad moral, una idea. Más tarde, la crítica racionalista y cientista del cristianismo desalojó a la muerte de la conciencia norteamericana. La muerte se evaporó y se volvió inmencionable. Finalmente, el racionalismo y el idealismo progresista han sido sustituidos, en vastas capas de la población norteamericana de nuestros días, por un neohedonismo. Pero el culto al cuerpo y al placer implica el reconocimiento y la aceptación de la muerte. El cuerpo es mortal y el reino del placer es el instante, según lo vio mejor que nadie Epicuro. El hedonismo norteamericano cierra los ojos ante la muerte y ha sido incapaz de conjurar la potencia destructiva del instante con una sabiduría como la de los epicúreos de la Antigüedad. El hedonismo actual ignora la templanza: es un recurso de angustiados y desesperados, una expresión del nihilismo que corroe a Occidente.

El capitalismo exalta las actividades y conductas tradicionalmente llamadas *viriles*: agresividad, espíritu de competencia y emulación, combatividad. La sociedad norteamericana hizo suyos esos valores y los exaltó. Esto explica, tal vez, que nada semejante a la devoción de los mexicanos por la Virgen de Guadalupe aparezca en las distintas versiones del cristianismo que profesan los norteamericanos, sin excluir a la minoría católica. En la Virgen se enlazan la religiosidad mediterránea y la mesoamericana, ambas con antiquísimos cultos a divinidades femeninas. Guadalupe-Tonantzin es la madre de todos los mexicanos —indios, mestizos, blancos— pero también es una virgen guerrera que muchas veces ha figurado en los estandartes de las sublevaciones campesinas. En la Virgen de Guadalupe encarna una visión muy antigua de la feminidad y que, como entre las diosas paganas, no excluye el temple heroico.

Un paréntesis: al mencionar la «masculinidad» de la sociedad capitalista norteamericana, no ignoro que en ella las mujeres han conquistado derechos y posiciones que en otras partes todavía se les niegan. Pero los han obtenido como «sujetos de derecho», es decir, como entidades neutras o abstractas, como ciudadanas y no como mujeres. Ahora bien, nuestra civilización necesita, tanto o más que la igualdad de derechos entre hombres y mujeres, una «feminización» semejante a la que se operó en la mentalidad europea medieval por obra del «amor cortés». O una influencia como la irradiación femenina de la Virgen de Guadalupe sobre la imaginación y la sensibilidad de los mexicanos... Prosigo: la situación social de la mujer mexicana, por herencia hispanoárabe e india, es deplorable pero lo que deseo destacar aquí no es tanto el carácter de las relaciones entre hombres y mujeres como la relación íntima de la mujer con esos símbolos elusivos que llamamos «femineidad» y «masculinidad». Por las razones que he apuntado antes, las mexicanas tienen una conciencia muy viva del cuerpo. Para ellas el cuerpo, el suyo y el del hombre, es una realidad concreta y palpable. No una abstracción ni una función sino una potencia ambigua y magnética en la que se entrelazan inextricablemente placer y pena, fecundidad y muerte.

El México precolombino era un mosaico de naciones, tribus y lenguas. España, por su parte, a pesar de que había realizado su unidad política, era también un conglomerado de naciones y pueblos. La heterogeneidad de la sociedad mexicana era la otra cara del centralismo español. El centralismo político de la monarquía española tenía como complemento y aún como fundamento la ortodoxia religiosa. La unidad real, efectiva, de la sociedad mexicana se ha ido realizando lentamente en el transcurso de varios siglos pero su unidad política y religiosa fue hecha desde la cumbre como la expresión conjunta de la monarquía española y de la iglesia católica. Tuvimos un Estado y una Iglesia antes de ser una nación. También en este aspecto nuestra evolución ha sido muy diferente a la de los Estados Unidos, en donde las pequeñas comunidades de colonos tenía ya, desde su nacimiento, una acusada y beligerante conciencia de su identidad frente al Estado. Entre los norteamericanos, la nación fue anterior al Estado.

Otra diferencia: en aquellas comunidades se había operado la fusión entre las convicciones religiosas, la embrionaria conciencia nacional y las instituciones políticas. Así, entre las convicciones religiosas de los norteamericanos y sus instituciones democráticas no hubo contradicción sino armonía; en cambio, en México el catolicismo se identificó con el régimen virreinal, fue su ortodoxia; por eso cuando los liberales mexicanos, después de la independencia, intentaron implantar las instituciones democráticas, tuvieron que enfrentarse a la Iglesia católica. La instauración de la democracia republicana en México significó una ruptura radical con nuestro pasado y desembocó en las guerras civiles del siglo XIX. Esas guerras produjeron el militarismo que, a su vez, se resolvió en la dictadura del caudillo militar Porfirio Díaz. Los liberales vencieron a la Iglesia pero no pudieron implantar la verdadera democracia sino un régimen autoritario enmascarado de democracia.

151

Una tercera y no menos profunda diferencia: la oposición entre la ortodoxia católica y el reformismo protestante. En México la ortodoxia católica había adoptado la forma filosófica del neotomismo, un pensamiento a la defensiva frente a la modernidad naciente y más apologético que crítico. La ortodoxia impedía el examen y la crítica. En Nueva Inglaterra las comunidades estaban compuestas muchas veces por disidentes religiosos o, al menos, por creyentes en la libre lectura de la Escritura. Por una parte: ortodoxia, filosofía dogmática y culto a la autoridad; por la otra: libre lectura e interpretación de la doctrina.

Ambas sociedades eran religiosas pero sus actitudes religiosas eran inconciliables. No pienso únicamente en los dogmas y principios sino en la manera misma de practicar y entender la religión. En un caso: el complejo y majestuoso edificio conceptual de la ortodoxia, una jerarquía eclesiástica igualmente compleja, ricas órdenes religiosas militantes como los jesuitas y una concepción ritualista de la religión en la que los sacramentos ocupaban un lugar central. En el otro: libre discusión de la Escritura, una clerecía pobre y reducida al mínimo, una tendencia a borrar las fronteras jerárquicas entre el simple creyente y el sacerdote, una práctica religiosa fundada no en el ritual sino en la moral y no en los sacramentos sino en la interiorización de la fe.

La diferencia central, desde el punto de vista de evolución histórica de las dos sociedades, reside a mi modo de ver en lo siguiente: con la Reforma, crítica religiosa de la religión y antecedente necesario de la Ilustración, comienza el mundo moderno; con la Contrarreforma y el neotomismo, España y sus posesiones se cierran al mundo moderno. No tuvimos Ilustración porque no tuvimos Reforma ni un movimiento intelectual y religioso como el jansenismo francés. La civilización hispanoamericana es admirable por muchos conceptos pero hace pensar en una construcción de inmensa solidez —a un tiempo convento, fortaleza y palacio— destinado a durar, no a cambiar. A la larga, esa construcción se volvió un encierro, una prisión. Los Estados Unidos son hijos de la Reforma y de la Ilustración. Nacieron bajo el signo de la crítica y la autocrítica. Y ya se sabe: quien dice crítica, dice cambio. La transformación de la filosofía crítica en ideología progresista se realizó y alcanzó su apogeo en el XIX. La crítica racionalista barrió el cielo ideológico y lo limpió de mitos y creencias; a su vez, la ideología del progreso desplazó los valores intemporales del cristianismo y los transplantó al tiempo terrestre y lineal de la historia. La eternidad cristiana se convirtió en el futuro del evolucionismo liberal.

La diferencia que acabo de esbozar es la contradicción final y en ella culminan todas las divergencias y diferencias que he mencionado. Una sociedad se define esencialmente por su posición ante el tiempo. Por razón de su origen y de su historia intelectual y política, los Estados Unidos son una sociedad orientada hacia el futuro. Con frecuencia se ha señalado la extraordinaria movilidad espacial del pueblo norteamericano, nación constantemente en marcha. Al desplazamiento físico y geográfico corresponde, en el campo de las creencias y las actitudes mentales, la movilidad en el tiempo. El norteamericano vive en el límite extremo del ahora, siempre dispuesto a saltar hacia el futuro. El fundamento de la nación no está en el pasado sino en el porvenir. Mejor dicho: su pasado, su acta de fundación, fue una promesa de futuro y cada vez que los Estados Unidos regresan a su origen, a su pasado, redescubren el futuro.

La orientación de México, como se ha visto, fue la opuesta. En primer término: rechazo de la crítica y, con ella, de la noción del cambio: el ideal fue perdurar a imagen de la inmutabilidad divina. En segundo lugar: pluralidad de pasados, todos ellos presentes y combatiendo en el alma de cada mexicano. Cortés y Moctezuma están vivos en México. En el momento de esa gran crisis que fue la Revolución Mexicana, la facción más radical, la de Zapata y sus campesinos, no postuló formas nuevas de organización social sino un regreso a la propiedad comunal de la tierra. Los campesinos sublevados pedían la *devolución* de la tierra, es decir, querían volver a una forma de propiedad precolombina que había sido respetada por los españoles. La imagen instintiva que los revolucionarios se hacían de la edad de oro se situaba en el pasado más remoto. La utopía, para ellos, no consistía en construir el porvenir sino en regresar al origen, al comienzo. La actitud tradicional mexicana ante el tiempo ha sido expresada por Ramón López Velarde de esta manera: «Patria, sé siempre igual, fiel a tu espejo diario.»

En el siglo XVII la sociedad mexicana era más rica y próspera que la norteamericana. Esta situación se prolongó hasta la primera mitad del XVIII. Para comprobarlo basta con dar un vistazo a los monumentos y edificios de las ciudades de entonces: México y Boston, Puebla y Filadelfia. En menos de cincuenta años todo cambió. En 1847 los Estados Unidos invaden a México, lo derrotan y le imponen terribles y onerosas condiciones de paz. Un siglo después, se convierten en la primera potencia mundial. Una conjunción inusitada de circunstancias de orden material, técnico, político, ideológico y humano explican el prodigioso desarrollo norteamericano. Entre estas condiciones, el conjunto de actitudes que sumariamente he descrito no fueron menos decisivas que la existencia de un territorio inmenso y rico, una población emprendedora y un desarrollo científico y técnico extraordinario. De nuevo: en las pequeñas comunidades religiosas de Nueva Inglaterra estaba ya en germen el futuro: la democracia política, el capitalismo y el desarrollo social y económico. La Revolución de Independencia de los Estados Unidos no fue una ruptura con un pasado; la separación de Inglaterra no se hizo para cambiar los principios originales por otros sino para realizarlos más plenamente. En México ocurrió lo contrario. A fines del siglo XVIII las clases dirigentes mexicanas —sobre todo los intelectuales— descubrieron que los principios que habían fundado a su sociedad la condenaban a la inmovilidad y al atraso. Acometieron una doble revolución: separarse de España y modernizar al país mediante la adopción de los nuevos principios republicanos y democráticos. Sus ejemplos fueron la Revolución de Independencia norteamericana y la Revolución Francesa. Lograron la independencia de España pero la adopción de los nuevos principios fue inoperante: México cambió sus leyes, no sus realidades sociales, económicas y culturales.

Durante la primera mitad del siglo XIX México sufrió una guerra civil endémica y dos invasiones extranjeras, la norteamericana y la francesa. En la segunda mitad del siglo se restableció el orden pero a costa de la democracia. Lo peor fue la mentira, plaga de las sociedades latinoamericanas: en nombre de la ideología liberal y del positivismo de Comte y Spencer se implantó una dictadura que duró treinta años. Fue un período de paz y desarrollo material apreciable; también de la creciente penetración del gran capitalismo extranjero, sobre todo el inglés y el norteamericano. La Revolución de 1910 se propuso rectificar el rumbo. En parte lo consiguió. Digo «en parte» porque la democracia mexicana todavía no es una realidad y porque los avances logrados en ciertos sectores han sido nulificados o se ven en peligro por la centralización política excesiva, el desmesurado crecimiento demográfico, la desigualdad social, el derrumbe de la educación superior y la acción de los monopolios económicos, entre ellos los norteamericanos. El desarrollo del Estado mexicano, como el de todos los Estados del siglo XX, ha sido enorme, monstruoso. Una curiosa contradicción: el Estado ha sido el agente de la modernización pero no ha sido capaz de modernizarse a sí mismo enteramente. Es un híbrido del Estado patrimonialista español de los siglos XVII y XVIII y de las modernas burocracias de Occidente. En cuanto a nuestra relación con los Estados Unidos: sigue siendo la vieja relación entre el fuerte y el débil, oscilante entre la indiferencia y el abuso, la mentira y el cinismo. La mayoría de los mexicanos tenemos la justificada convicción de que el trato que recibe nuestro país es injusto.

LA DOBLE OPOSICIÓN

Por encima de logros y fracasos, el México contemporáneo se enfrenta a la misma pregunta que, desde fines del siglo XVIII, no han cesado de hacerse los mexicanos más lúcidos: la pregunta sobre la modernización. En el siglo XIX se pensó que bastaba con la adopción de los nuevos principios liberales y democráticos. Ahora, tras cerca de dos siglos de tropiezos, nos hemos dado cuenta de que los pueblos cambian muy lentamente y que, además, para que esos cambios sean fecundos deben estar en consonancia con el pasado y la tradición de cada nación. Así pues, México tiene que encontrar su propio camino hacia la modernidad. Nuestro pasado no debe ser un obstáculo sino un punto de partida. Esto es dificilísimo, dada la índole de nuestra tradición; difícil pero no imposible. Ése fue, en realidad, el sentido profundo de la Revolución Mexicana: mucho antes que nosotros, los campesinos de Zapata hicieron la crítica de la modernización *à outrance*. La hicieron con las armas. Para evitar nuevos desastres, debemos reconciliarnos con nuestro pasado: sólo así lograremos encontrar una vía de salida hacia la modernidad. La búsqueda de un modelo propio de modernización es un tema que está ligado directamente con otro: hoy sabemos que la modernidad, en sus dos versiones, la capitalista y la pseudosocialista de las burocracias totalitarias, está herida de muerte en su centro mismo: la idea de un progreso continuo e ilimitado. Las naciones que habían inspirado a los liberales del siglo XIX —Inglaterra, Francia y, sobre todo, Estados Unidos— hoy dudan, vacilan y no encuentran su camino. Han dejado de ser ejemplos universales. Los mexicanos del siglo XIX volvían los ojos hacia las grandes democracias de Occidente: nosotros no tenemos a donde volver los ojos.

Durante cerca de treinta años, entre 1930 y 1960, la mayoría de los mexicanos estaba segura del camino escogido. Esas certidumbres se han desvanecido y algunos se preguntan si no hay que comenzar todo de nuevo. Pero la pregunta no se limita al caso de México: es universal. Por poco satisfactoria que nos parezca la situación de nuestro país, no es desesperada, sobre todo comparada con la que prevalece en otras partes. América Latina, salvo unas pocas excepciones, vive bajo dictaduras militares solapadas cuando no apoyadas por los Estados Unidos. Cuba escapó de la tutela norteamericana sólo para convertirse en un peón de la política de agresión militar de la Unión Soviética en África. Gran parte de las naciones de Asia y África que después de la segunda guerra mundial alcanzaron la independencia, padecen tiranías nativas con frecuencia más crueles y despóticas que las de las antiguas potencias coloniales. En el llamado Tercer Mundo, con distintos nombres y atributos, reina un Calígula ubicuo.

En 1917 la Revolución de Octubre en Rusia encendió las esperanzas de millones; en 1978, la palabra Gulag se ha vuelto sinónimo del «socialismo soviético». Los fundadores del movimiento socialista creían firmemente que el socialismo no sólo acabaría con la explotación de los hombres sino con la guerra; en la segunda mitad del siglo xx los «socialismos» totalitarios no sólo han esclavizado a la clase trabajadora despojándola de sus derechos básicos —el de asociación y el de huelga— sino que cubren el planeta entero con el griterío amenazante de sus disputas y querellas. En nombre de distintas versiones del «socialismo» los vietnamitas y los camboyanos se degüellan. Las guerras ideológicas del siglo xx no son menos feroces que las guerras de religión. En mi juventud era popular entre los intelectuales la idea de que asistíamos a la crisis final del capitalismo. Ahora comprendemos que la crisis contemporánea no es la de un sistema socio-económico sino de la civilización entera. La crisis es general, mundial; su expresión más extremada, aguda y peligrosa está en la situación de la Unión Soviética y sus satélites. Las contradicciones del «socialismo» totalitario son más profundas e inconciliables que las de las democracias capitalistas.

La enfermedad de Occidente, más que social y económica, es moral. Es verdad que los problemas económicos son graves y que no han sido resueltos: al contrario, la inflación y el desempleo aumentan. También es cierto que, a pesar de la abundancia, la pobreza no ha desaparecido. Vastos grupos —las mujeres, las minorías raciales, religiosas y lingüísticas— siguen siendo o sintiéndose excluidos. Pero la verdadera y más profunda discordia está en el alma de cada uno. El futuro se ha vuelto la región del horror y el presente se ha convertido en un desierto. Las sociedades liberales giran incansablemente: no avanzan, se repiten. Si cambian, no se transfiguran. El hedonismo de Occidente es la otra cara de su desesperación; su escepticismo no es una sabiduría sino una renuncia; su nihilismo desemboca en el suicidio y en formas inferiores de la credulidad, como los fanatismos políticos y las quimeras de la magia. El lugar vacante que ha dejado el cristianismo en las almas modernas no lo ocupa la filosofía sino las supersticiones más groseras. Nuestro erotismo es una técnica, no un arte ni una pasión.

No insistiré: la descripción de los males de Occidente se ha hecho muchas veces. La última, hace unos meses, ha sido la de Solyenitzin. Un hombre de temple admirable. Sin embargo, debo decir que, aunque su descripción me parece exacta, no me lo parecen su juicio sobre las causas de la enfermedad ni el remedio que propone. No podemos renunciar a la tradición crítica de Occidente; tampoco podemos volver al Estado teocrático medieval. Los calabozos de la Inquisición no son la respuesta a los campos de Gulag. No vale la pena sustituir el Estado-Partido por el Estado-Iglesia, una ortodoxia por otra. La única arma eficaz contra las ortodoxias es la crítica; para defendernos de la intolerancia y de los fanatismos no tenemos más recurso que ejercer, con firmeza pero con lucidez, las virtudes opuestas: la tolerancia y la libertad de espíritu. Yo no reniego de Montesquieu ni de Hume ni de Kant.

La crisis de los Estados Unidos afecta al fundamento mismo de la nación, quiero decir, a los principios que la fundaron. Dije ya que hay un *leit-motif* que corre a lo largo de la historia norteamericana, desde la época de las colonias puritanas de Nueva Inglaterra hasta nuestros días: la tensión entre libertad e igualdad. Las luchas de los negros, los chicanos y otras minorías no son sino una expresión de este dualismo. A esta contradicción interna corresponde otra externa: los Estados Unidos son una república y son un imperio. En un ensayo escrito hace algunos años señalé que la primera de estas contradicciones (la interna entre igualdad y libertad) se resolvió en Roma con la supresión de la libertad; el cesarismo fue, al principio, una solución igualitaria que, como todas las soluciones por la fuerza, acabó también por suprimir la igualdad. La otra contradicción causó la ruina de Atenas, la primera república imperial de la historia.

Sería presuntuoso de mi parte proponer soluciones a esta doble contradicción. Pienso que cada vez que una sociedad se encuentra en crisis, vuelve instintivamente los ojos hacia sus orígenes y busca en ellos, ya que no una respuesta, un signo, una indicación. La sociedad colonial norteamericana fue una sociedad libre e igualitaria pero exclusiva. Fieles a sus orígenes, lo mismo en su política interior que en la exterior, los Estados Unidos han ignorado siempre al *otro*. En el interior al negro, al chicano o al portorriqueño; en el exterior: a las culturas y sociedades marginales. Hoy los Estados Unidos se enfrentan a enemigos muy poderosos pero el peligro mortal no está fuera sino dentro: no es Moscú sino esa mezcla de arrogancia y oportunismo, ceguera y maquiavelismo a corto plazo, volubilidad y terquedad, que ha caracterizado a su política exterior en los últimos años y que recuerda extrañamente a la del Estado ateniense en su disputa con Esparta. Para vencer a sus enemigos, los Estados Unidos tienen primero que vencerse a sí mismos: regresar a sus orígenes. Pero no para repetirlos sino para rectificarlos: el *otro* y los otros —las minorías del interior tanto como los pueblos y naciones marginales del exterior— existen. No sólo somos la mayoría de la especie sino que cada sociedad marginal, por más pobre que sea, representa una versión única y preciosa de la humanidad. Si los Estados Unidos han de recobrar la entereza y la lucidez, tienen que recobrarse a sí mismos y para recobrarse a sí·mismos tienen que recobrar a los *otros*: a los excluidos del Occidente.

1978

159

II

AMÉRICA LATINA Y LA DEMOCRACIA

LA TRADICIÓN ANTIMODERNA

La relación entre sociedad y literatura no es la de causa y efecto. El vínculo entre una y otra es, a un tiempo, necesario, contradictorio e imprevisible. La literatura expresa a la sociedad; al expresarla, la cambia, la contradice o la niega. Al retratarla, la inventa; al inventarla, la revela. La sociedad no se reconoce en el retrato que le presenta la literatura; no obstante, ese retrato fantástico es real: es el del desconocido que camina a nuestro lado desde la infancia y del que no sabemos nada, salvo que es nuestra sombra (¿o somos nosotros la suya?). La literatura es una respuesta a las preguntas sobre sí misma que se hace la sociedad pero esa respuesta es, casi siempre, inesperada: a la obscuridad de una época responde con el brillo enigmático de un Góngora o de un Mallarmé, a la claridad racional de la Ilustración con las visiones nocturnas del romanticismo. El caso de América Latina es un ejemplo de la intrincada complejidad de las relaciones entre historia y literatura. En lo que va del siglo han aparecido, lo mismo en la América hispana que en el Brasil, muchas obras notables, algunas de veras excepcionales, en la poesía y en la prosa de ficción. ¿Se ha logrado algo semejante en materia social y política?

Desde fines del siglo XVIII los mejores y más activos entre los latinoamericanos emprendieron un vasto movimiento de reforma social, política e intelectual. El movimiento aún no termina y se ha desplegado en diversas direcciones, no siempre compatibles. Una palabra define, así sea con cierta vaguedad, a todas estas tentativas dispersas: *modernización*. Al mismo tiempo que las sociedades latinoamericanas se esforzaban por cambiar sus instituciones, costumbres y maneras de ser y de pensar, la literatura hispanoamericana experimentaba cambios no menos profundos. La evolución de la sociedad y la de la literatura han sido correspondientes pero no paralelas y han producido resultados distintos. Alguna vez, al tocar este tema, me pregunté: ¿es realmente moderna la literatura latinoamericana? Respondí que sí lo era, aunque de una manera peculiar: advertía en ella la ausencia del pensamiento crítico que ha fundado al Occidente moderno. En esta ocasión me propongo explorar la otra mitad del tema: ¿son modernas las actuales sociedades latinoamericanas? Y si no lo son o lo son de una manera híbrida e incompleta, ¿por qué? Mi reflexión, claro, no tiene demasiadas pretensiones teóricas; tampoco es un dictamen: es un simple parecer.

Desde hace cerca de dos siglos se acumulan los equívocos sobre la realidad histórica de América Latina. Ni siquiera los nombres que pretenden designarla son exactos: ¿América Latina, América Hispana, Iberoamérica, Indoamérica? Cada uno de estos nombres deja sin nombrar a una parte de la realidad. Tampoco son fieles las etiquetas económicas, sociales y políticas. La noción de *subdesarrollo*, por ejemplo, puede ser aplicada a la economía y a la técnica, no al arte, la literatura, la moral o la política. Más vaga aún es la expresión: *Tercer Mundo*. La denominación no sólo es imprecisa sino engañosa: ¿qué relación hay entre Argentina y Angola, entre Tailandia y Costa Rica, entre Túnez y Brasil? A pesar de dos siglos de dominación europea, ni la India ni Argelia cambiaron de lengua, religión y cultura. Algo semejante puede decirse de Indonesia, Viet-Nam, Senegal y, en fin, de la mayoría de las antiguas posesiones europeas en Asia y África. Un iranio, un hindú o un chino pertenecen a civilizaciones distintas a la de Occidente. Los latinoamericanos hablamos español o portugués; somos o hemos sido cristianos; nuestras costumbres, instituciones, artes y literaturas descienden directamente de las de España y Portugal. Por todo esto somos un extremo americano de Occidente; el otro es el de los Estados Unidos y el Canadá. Pero apenas afirmamos que somos una prolongación ultramarina de Europa, saltan a la vista las diferencias. Son numerosas y, sobre todo, decisivas.

La primera es la presencia de elementos no europeos. En muchas naciones latinoamericanas hay fuertes núcleos indios; en otras, negros. Las excepciones son Uruguay, Argentina y un poco Chile y Costa Rica. Los indios son, unos, descendientes de las altas civilizaciones precolombinas de México, América Central y Perú; otros, menos numerosos, son los restos de las poblaciones nómadas. Unos y otros, especialmente los primeros, han afinado la sensibilidad y excitado la fantasía de nuestros pueblos; asimismo, muchos rasgos de su cultura, mezclados a los hispánicos, aparecen en nuestras creencias, instituciones y costumbres: la familia, la moral social, la religión, las leyendas y cuentos populares, los mitos, las artes, la cocina. La influencia de las poblaciones negras también ha sido poderosa. En general, me parece, se ha desplegado en dirección opuesta a la de los indios: mientras la de éstos tiende al dominio de las pasiones y cultiva la reserva y la interioridad, la de los negros exalta los valores orgiásticos y corporales.

La segunda diferencia, no menos profunda, procede de una circunstancia con frecuencia olvidada: el carácter peculiar de la versión de la civilización de Occidente que encarnaron España y Portugal. A diferencia de sus rivales —ingleses, holandeses y franceses— los españoles y los portugueses estuvieron dominados durante siglos por el Islam. Pero hablar de dominación es engañoso; el esplendor de la civilización hispano-árabe todavía nos sorprende y esos siglos de luchas fueron también de coexistencia íntima. Hasta el siglo XVI convivieron en la península ibérica musulmanes, judíos y cristianos. Es imposible comprender la historia de España y de Portugal, así como el carácter en verdad único de su cultura, si se olvida esta circunstancias. La fusión entre lo religioso y lo político, por ejemplo, o la noción de *cruzada*, aparecen en las actitudes hispánicas con

163

una coloración más intensa y viva que en los otros pueblos europeos. No es exagerado ver en estos rasgos las huellas del Islam y de su visión del mundo y de la historia.

La tercera diferencia ha sido, a mi juicio, determinante. Entre los acontecimientos que inauguraron el mundo moderno se encuentra, con la Reforma y el Renacimiento, la expansión europea en Asia, América y África. Este movimiento fue iniciado por los descubrimientos y conquistas de los portugueses y los españoles. Sin embargo, muy poco después, y con la misma violencia, España y Portugal se cerraron y, encerrados en sí mismos, negaron a la naciente modernidad. La expresión más completa, radical y coherente de esa negación fue la Contrarreforma. La monarquía española se identificó con una fe universal y con una interpretación única de esa fe. El monarca español fue un híbrido de Teodosio el Grande y de Abderramán III, primer Califa de Córdoba. (Lástima que los reyes españoles hayan imitado más la sectaria política del primero que la tolerancia del segundo.) Así, mientras los otros Estados europeos tendían más y más a representar a la nación y a defender sus valores particulares, el Estado español confundió su causa con la de una ideología. La evolución general de la sociedad y de los Estados tendía a la afirmación de los intereses particulares de cada nación, es decir, despojaba a la política de su carácter sagrado y la relativizaba. La idea de la misión universal del pueblo español, defensor de una doctrina reputada justa y verdadera, era una supervivencia medieval y árabe; injertada en el cuerpo de la monarquía hispánica, comenzó por inspirar sus acciones pero acabó por inmovilizarla. Lo más extraño es que esta concepción teológico-política haya reaparecido en nuestros días. Aunque ahora no se identifica con una revelación divina: se presenta con la máscara de una supuesta ciencia universal de la historia y la sociedad. La verdad revelada se ha vuelto «verdad científica» y no encarna ya en una Iglesia y un Concilio sino en un Partido y un Comité.

El siglo XVII es el gran siglo español: Quevedo y Góngora, Lope de Vega y Calderón, Velázquez y Zurbarán, la arquitectura y la neoescolástica. Sin embargo, sería inútil buscar entre esos grandes nombres al de un Descartes, un Hobbes, un Spinoza o un Leibniz. Tampoco al de un Galileo o un Newton. La teología cerró las puertas de España al pensamiento moderno y el siglo de oro de su literatura y de sus artes fue también el de su decadencia intelectual y su ruina política. El claroscuro es aún más violento en América. Desde Montaigne se habla de los horrores de la Conquista; habría que recordar también a las creaciones americanas de España y Portugal: fueron admirables. Fundaron sociedades complejas, ricas y originales, hechas a la imagen de las ciudades que construyeron, a un tiempo sólidas y fastuosas. Un doble eje regía a aquellos virreinatos y capitanías generales, uno vertical y otro horizontal. El primero era jerárquico y ordenaba a la sociedad conforme al orden descendente de las clases y grupos sociales: señores, gente del común, indios, esclavos. El segundo, el eje horizontal, a través de la pluralidad de jurisdicciones y estatutos, unía en una intrincada red de obligaciones y derechos a los distintos grupos sociales y étnicos, con sus particularismos. Desigualdad y convivencia: principios opuestos y complementarios. Si aquellas sociedades no eran justas tampoco eran bárbaras.

La arquitectura es el espejo de las sociedades. Pero es un espejo que nos presenta imágenes enigmáticas que debemos descifrar. Contrastan la riqueza y el refinamiento de ciudades como México y Puebla, al mediar el XVIII, con la austera simplicidad, rayana en la pobreza, de Boston o de Filadelfia. Esplendor engañoso: lo que en Estados Unidos era amanecer, en la América Hispana era crepúsculo. Los norteamericanos nacieron con la Reforma y la Ilustración, es decir, con el mundo moderno; nosotros, con la Contrarreforma y la neoescolástica, es decir, contra el mundo moderno. No tuvimos ni revolución intelectual ni revolución democrática de la burguesía. El fundamento filosófico de la monarquía católica y absoluta fue el pensamiento de Suárez y sus discípulos de la Compañía de Jesús. Estos teólogos renovaron, con genio, al tomismo y lo convirtieron en una fortaleza filosófica. El historiador Richard Morse ha mostrado con penetración que la función del neotomismo fue doble: por una parte, a veces de un modo explícito y otras implícito, fue la base ideológica de sustentación del imponente edificio político, jurídico y económico que llamamos Imperio español; por otra, fue la escuela de nuestra clase intelectual y modeló sus hábitos y sus actitudes. En este sentido —no como filosofía sino como actitud mental— su influencia aún pervive entre los intelectuales de América Latina.

En su origen, el neotomismo fue un pensamiento destinado a defender a la ortodoxia de las herejías luteranas y calvinistas, que fueron las primeras expresiones de la modernidad. A diferencia de las otras tendencias filosóficas de esa época, no fue un método de exploración de lo desconocido sino un sistema para defender lo conocido y lo establecido. La Edad Moderna comienza con la crítica de los primeros principios; la neoescolástica se propuso defender esos principios y demostrar su carácter necesario, eterno e intocable. Aunque en el siglo XVIII esta filosofía se desvaneció en el horizonte intelectual de América Latina, las actitudes y los hábitos que le eran consustanciales han persistido hasta nuestros días. Nuestros intelectuales han abrazado sucesivamente el liberalismo, el positivismo y ahora el marxismo-leninismo; sin embargo, en casi todos ellos, sin distinción de filosofías, no es difícil advertir, ocultas pero vivas, las actitudes psicológicas y morales de los antiguos campeones de la neoescolástica. Paradójica modernidad: las ideas son de hoy, las actitudes de ayer. Sus abuelos juraban en nombre de Santo Tomás, ellos en el de Marx, pero para unos y otros la razón es un arma al servicio de una verdad con mayúscula. La misión del intelectual es defenderla. Tienen una idea polémica y combatiente de la cultura y del pensamiento: son cruzados. Así se ha perpetuado en nuestras tierras una tradición intelectual poco respetuosa de la opinión ajena, que prefiere las ideas a la realidad y los sistemas intelectuales a la crítica de los sistemas.

Desde la segunda mitad del siglo XVIII las nuevas ideas penetraron, lentamente y con timidez, en España y en sus posesiones ultramarinas. En la lengua española tenemos una palabra que expresa muy bien la índole de este movimiento, su inspiración original y su limitación: *europeizar*. La renovación del mundo hispánico, su modernización, no podía brotar de la implantación de principios propios y elaborados por nosotros sino de la adopción de ideas ajenas, las de la Ilustración europea. De ahí que «europeizar» haya sido empleado como sinónimo de modernizar; años después apareció otra palabra con el mismo significado: *americanizar*. Durante todo el siglo XIX, lo mismo en la península ibérica que en América Latina, las minorías ilustradas intentaron por distintos medios, muchos de ellos violentos, cambiar a nuestros países, dar el salto hacia la modernidad. Por esto la palabra *revolución* fue también sinónimo de modernización. Nuestras guerras de independencia pueden y deben verse desde esta perspectiva: su objetivo no era sólo la separación de España sino, mediante un salto revolucionario, transformar a los nuevos países en naciones realmente modernas. Éste es un rasgo común a todos los movimientos separatistas, aunque cada uno haya tenido, según la región, características distintas.

El modelo que inspiró a los revolucionarios latinoamericanos fue doble: la revolución de Independencia de los Estados Unidos y la Revolución Francesa. En realidad, puede decirse que el siglo XIX comienza con tres grandes revoluciones: la norteamericana, la francesa y la de las naciones latinoamericanas. Las tres triunfaron en los campos de batalla pero sus resultados políticos y sociales fueron distintos en cada caso. En los Estados Unidos apareció la primera sociedad plenamente moderna, aunque manchada por la esclavitud de los negros y el exterminio de los indios. A pesar de que en Francia la nación sufrió cambios sustanciales y radicales, la nueva sociedad surgida de la Revolución,

167

como lo ha mostrado Tocqueville, continuó en muchos aspectos a la Francia centralista de Richelieu y Luis XIV. En América Latina los pueblos conquistaron la independencia y comenzaron a gobernarse a sí mismos; sin embargo, los revolucionarios no lograron establecer, salvo en el papel, regímenes e instituciones de verdad libres y democráticos. La revolución norteamericana fundó a una nación; la francesa cambió y renovó a la sociedad; las revoluciones de América Latina fracasaron en uno de sus objetivos centrales: la modernización política, social y económica.

Las revoluciones de Francia y los Estados Unidos fueron la consecuencia de la evolución histórica de ambas naciones; los movimientos latinoamericanos se limitaron a adoptar doctrinas y programas ajenos. Subrayo: adoptar, no adaptar. En América Latina no existía la tradición intelectual que, desde la Reforma y la Ilustración, había formado las conciencias y las mentes de las élites francesas y norteamericanas; tampoco existían las clases sociales que correspondían, históricamente, a la nueva ideología liberal y democrática. Apenas si había clase media y nuestra burguesía no había rebasado la etapa mercantilista. Entre los grupos revolucionarios de Francia y sus ideas había una relación orgánica y lo mismo puede decirse de la revolución norteamericana; entre nosotros, las ideas no correspondían a las clases. Las ideas tuvieron una función de máscara; así se convirtieron en una ideología, en el sentido negativo de esta palabra, es decir, en velos que interceptan y desfiguran la percepción de la realidad. La ideología convierte a las ideas en máscaras: ocultan al sujeto y, al mismo tiempo, no lo dejan ver la realidad. Engañan a los otros y nos engañan a nosotros mismos.

La independencia latinoamericana coincide con un momento de extrema postración del Imperio español. En España la unidad nacional se había hecho no por la fusión de los distintos pueblos de la península ni por su voluntaria asociación sino a través de una política dinástica hecha de alianzas y anexiones forzadas. La crisis del Estado español, precipitada por la invasión napoleónica, fue el comienzo de la disgregación. Por esto el movimiento emancipador de las naciones hispanoamericanas (el caso de Brasil es distinto), debe verse también como un proceso de disgregación. A la manera de una nueva puesta en escena de la vieja historia hispanoárabe con sus jeques revoltosos, muchos de los jefes revolucionarios se alzaron con las tierras liberadas como si las hubiesen conquistado. Los límites de algunas de las nuevas naciones coincidieron con las de los ejércitos liberadores. El resultado fue la atomización de regiones enteras, como la América Central y las Antillas. Los caudillos inventaron países que no eran viables ni en lo político ni en lo económico y que, además, carecían de verdadera fisonomía nacional. Contra las previsiones del sentido común, han subsistido gracias al azar histórico y a la complicidad entre las oligarquías locales, las dictaduras y el imperialismo.

La dispersión fue una cara de la medalla; la otra, la inestabilidad, las guerra civiles y las dictaduras. A la caída del Imperio español y de su administración, el poder se concentró en dos grupos: el económico en las oligarquías nativas y el político en los militares. Las oligarquías eran impotentes para gobernar en nombre propio. Bajo el régimen español la sociedad civil, lejos de crecer y desarrollarse como en el resto de Occidente, había vivido a la sombra del Estado. La realidad central en nuestros países, como en España, ha sido el sistema patrimonialista. En ese sistema el jefe de gobierno —príncipe o virrey, caudillo o presidente— dirige al Estado y a la nación como una extensión de su patrimonio particular, esto es, como si fuesen su casa. Las oligarquías, compuestas por latifundistas y comerciantes, habían vivido supeditadas a la autoridad y carecían tanto de experiencia política como de influencia en la población. En cambio, la ascendencia de los clérigos era enorme y, en menor grado, la de los abogados, médicos y otros miembros de las profesiones liberales. Estos grupos —germen de la clase intelectual moderna— abrazaron inmediatamente y con fervor las ideologías de la época; unos fueron liberales y otros conservadores. La otra fuerza, la decisiva, era la de los militares. En países sin experiencia democrática, con oligarquías ricas y gobiernos pobres, la lucha entre las facciones políticas desemboca fatalmente en la violencia. Los liberales no fueron menos violentos que los conservadores, o sea que fueron tan fanáticos como sus adversarios. La guerra civil endémica produjo el militarismo y el militarismo a las dictaduras.

Durante más de un siglo América Latina ha vivido entre el desorden y la tiranía, la violencia anárquica y el despotismo. Se ha querido explicar la persistencia de estos males por la ausencia de las clases sociales y de las estructuras económicas que hicieron posible la democracia en Europa y en los Estados Unidos. Es cierto: hemos carecido de burguesías realmente modernas, la clase media ha sido débil y poco numerosa, el proletariado es reciente. Pero la democracia no es simplemente el resultado de las condiciones sociales y económicas inherentes al capitalismo y a la revolución industrial. Castoriadis ha mostrado que la democracia es una verdadera *creación* política, es decir, un conjunto de ideas, instituciones y prácticas que constituyen una *invención* colectiva. La democracia ha sido inventada dos veces, una en Grecia y otra en Occidente. En ambos casos ha nacido de la conjunción entre las teorías e ideas de varias generaciones y las acciones de distintos grupos y clases, como la burguesía, el proletariado y otros segmentos sociales. La democracia no es una superestructura: es una creación popular. Además, es la condición, el fundamento de la civilización moderna. De ahí que, entre las causas sociales y económicas que se citan para explicar los fracasos de las democracias latinoamericanas, sea necesario añadir aquella a la que me he referido más arriba: la falta de una corriente intelectual crítica y moderna. No hay que olvidar, por último, la inercia y la pasividad, esa inmensa masa de opiniones, hábitos, creencias, rutinas, convicciones, ideas heredadas y usos que forman la tradición de los pueblos. Hace ya un siglo Pérez Galdós, que había meditado mucho sobre esto, ponía en labios de uno de sus personajes, un liberal lúcido, estas palabras: «Vemos el instantáneo triunfo de la idea verdadera sobre la falsa en la esfera del pensamiento, y creemos que con igual rapidez puede triunfar la idea sobre las costumbres. Las costumbres las ha hecho el tiempo con tanta paciencia y lentitud como ha hecho las montañas, y sólo el tiempo, trabajando un día y otro, las puede destruir. No se derriban montes a bayonetazos.» [1]

Esta rápida descripción sería incompleta si no mencionase a un elemento extraño que, simultáneamente, precipitó la desintegración y fortificó a las tiranías: el imperialismo norteamericano. Cierto, la fragmentación de nuestros países, las guerras civiles, el militarismo y las dictaduras no han sido una invención de los Estados Unidos. Pero ellos tienen una responsabilidad primordial porque se han aprovechado de este estado de cosas para lucrar, medrar y dominar. Han fomentado las divisiones entre los países, los partidos y los dirigentes; han amenazado con el uso de la fuerza, y no han vacilado en utilizarla, cada vez que han visto en peligro sus intereses; según su conveniencia, han ayudado a las rebeliones o han fortificado a las tiranías. Su imperialismo no ha sido ideológico y sus intervenciones han obedecido a consideraciones de orden económico y de supremacía política. Por todo esto, los Estados Unidos han sido uno de los mayores obstáculos con que hemos tropezado en nuestro empeño por modernizarnos. Es trágico porque la democracia norteamericana inspiró a los padres de nuestra Independencia y a nuestros grandes liberales, como Sarmiento y Juárez. Desde el siglo XVIII la modernización ha querido decir, para nosotros, democracia e instituciones libres; el arquetipo de esa modernidad política y social fue la democracia de los Estados Unidos. Némesis histórica: los Estados Unidos han sido, en América Latina, los protectores de los tiranos y los aliados de los enemigos de la democracia.

LEGITIMIDAD HISTÓRICA Y ATEOLOGÍA TOTALITARIA

Al consumar su independencia, las naciones latinoamericanas escogieron como sistema de gobierno el republicano democrático. La experiencia imperial mexi-

1. *La segunda casaca*, 1883.

cana duró poco; en Brasil la institución republicana terminó también por substituir al Imperio. La adopción de constituciones democráticas en todos los países latinoamericanos y la frecuencia con que en esos mismos países imperan regímenes tiránicos pone de manifiesto que uno de los rasgos característicos de nuestras sociedades es el divorcio entre la realidad legal y la realidad política. La democracia es la legitimidad histórica; la dictadura es el régimen de excepción. El conflicto entre la legitimidad ideal y las dictaduras de hecho es una expresión más —y una de las más dolorosas— de la rebeldía de la realidad histórica frente a los esquemas y geometrías que le impone la filosofía política. Las constituciones de América Latina son excelentes pero no fueron pensadas para nuestros países. En una ocasión las llamé «camisas de fuerza»; debo agregar que una y otra vez esas «camisas» han sido destrozadas por los sacudimientos populares. Los desórdenes y las explosiones han sido la venganza de las realidades latinoamericanas, o como decía Galdós: de las *costumbres*, tercas y pesadas como montes y explosivas como volcanes. El remedio brutal contra los estallidos han sido las dictaduras. Remedio funesto pues fatalmente provoca nuevas explosiones. La impotencia de los esquemas intelectuales frente a los hechos corrobora que nuestros reformadores no tuvieron la imaginación de los misioneros del siglo XVI ni su realismo. Impresionados por la ferviente religiosidad de los indios, los *padrecitos* buscaron y encontraron, en las mitologías precolombinas, puntos de intersección con el cristianismo. Gracias a estos puentes fue posible el tránsito de las viejas religiones a la nueva. Al indianizarse, el cristianismo se arraigó y fue fecundo. Algo semejante deberían haber intentado nuestros reformadores.

No han sido numerosas las tentativas por reconciliar a la legitimidad formal con la realidad tradicional. Además, casi todas han fracasado. La más coherente y lúcida, la del APRA peruano, se agotó en una larga lucha que, si fue una ejemplar contribución a la defensa de la democracia, acabó por dilapidar sus energías revolucionarias. Otras han sido caricaturas, como el peronismo, que colindó en un extremo con el fascismo a la italiana y en el otro con la demagogia populista. El experimento mexicano, a pesar de sus fallas, ha sido el más logrado, original y profundo. No fue un programa ni una teoría sino la respuesta instintiva a la ausencia de programas y teorías. Como todas las verdaderas creaciones políticas, fue una obra colectiva destinada a resolver los problemas particulares de una sociedad en ruinas y desangrada. Nació de la Revolución de México, un movimiento que arrasó las instituciones creadas por los liberales en el siglo XIX y que se habían transformado en la máscara de la dictadura de Porfirio Díaz. El régimen de Díaz, heredero del liberalismo de Juárez, fue una suerte de versión mestiza —combinación de caudillismo, liberalismo y positivismo— del despotismo ilustrado del siglo XVIII. Como ocurre con todas las dictaduras, el porfiriato fue incapaz de resolver el problema de la sucesión, que es el de la legitimidad: al envejecer el caudillo, el régimen anquilosado intentó perpetuarse. La respuesta fue la violencia. La rebelión política se transformó casi inmediatamente en revuelta social.

Los revolucionarios, una vez alcanzada la victoria, aunque no sin titubeos y vacilaciones, vencieron a la tentación que asalta a todas las revoluciones triunfantes y las acaba: resolver las querellas entre las facciones por la dictadura de un César revolucionario. Los mexicanos lograron evitar este peligro, sin caer en la anarquía o en la guerra intestina, gracias a un doble compromiso: la prohibición de reelegir a los presidentes cerró la puerta a los caudillos; la constitución de un partido que agrupa a los sindicatos obreros y a las organizaciones de los campesinos y de la clase media, aseguró la continuidad del régimen. El partido no fue ni es un partido ideológico ni obedece a una ortodoxia; tampoco es una «vanguardia» del pueblo ni un cuerpo escogido de militantes. Es una organización abierta más bien amorfa, dirigida por una burocracia política surgida de las capas populares y medias. Así México ha podido escapar, durante más de medio siglo, a esa fatalidad circular que consiste en ir de la anarquía a la dictadura y viceversa. El resultado no ha sido la democracia pero tampoco el despotismo sino un régimen peculiar, a un tiempo paternalista y popular, que poco a poco —y no sin tropiezos, violencias y recaídas— se ha ido orientando hacia formas cada vez más libres y democráticas. El proceso ha sido demasiado lento y el cansancio del sistema es visible desde hace varios años. Después de la crisis de 1968, el régimen emprendió, con realismo y cordura, ciertos cambios que culminaron en la actual reforma política. Por desgracia, los partidos independientes y de la oposición, aparte de ser claramente minoritarios, carecen de cuadros y de programas capaces de sustituir al partido en el poder desde hace tantos años. El problema de la sucesión vuelve a plantearse como en 1910: si no queremos exponernos a graves daños, el sistema mexicano deberá renovarse a través de una transformación democrática interna... No puedo detenerme más en este tema. Le he dedicado varios ensayos, recogidos en *El Ogro Filantrópico*, y a ellos remito a mis lectores.

La historia de la democracia latinoamericana no ha sido únicamente la historia de un fracaso. Durante un largo período fueron ejemplares las democracias de Uruguay, Chile y Argentina. Las tres, una tras otra, han caído, reemplazadas por gobiernos militares. La democracia colombiana, incapaz de resolver los problemas sociales, se ha inmovilizado en un formalismo; en cambio, después del régimen militar, la peruana se ha renovado y fortalecido. Pero los ejemplos más alentadores son los de Venezuela y Costa Rica: dos auténticas democracias. El caso de la pequeña Costa Rica, en el corazón de la revoltosa y autoritaria América Central, ha sido y es admirable. Para terminar con este rápido resumen: es significativo que la frecuencia de los golpes de Estado militares no hayan empañado nunca la legitimidad democrática en la conciencia de nuestros pueblos. Su autoridad moral ha sido indiscutible. De ahí que todos los dictadores, invariablemente, al tomar el poder, declaren solemnemente que su gobierno es interino y que están dispuestos a restaurar las instituciones democráticas apenas lo permitan las circunstancias. Pocas veces cumplen su promesa, es cierto; no importa:

lo que me parece revelador y digno de subrayarse es que se sientan obligados a hacerla. Se trata de un fenómeno capital y sobre cuya significación pocos se han detenido: hasta la segunda mitad del siglo XX, nadie se atrevió a poner en duda que la democracia fuese la legitimidad histórica y constitucional de América Latina. Con ella habíamos nacido y, a pesar de los crímenes y las tiranías, la democracia era una suerte de acta de bautismo histórico de nuestros pueblos. Desde hace veinticinco años la situación ha cambiado y ese cambio requiere un comentario.

El movimiento de Fidel Castro encendió la imaginación de muchos latinoamericanos, sobre todo estudiantes e intelectuales. Apareció como el heredero de las grandes tradiciones de nuestros pueblos: la independencia y la unidad de América Latina, el antiimperialismo, un programa de reformas sociales radicales y necesarias, la restauración de la democracia. Una a una se han desvanecido estas ilusiones. El proceso de degeneración de la Revolución cubana ha sido contado varias veces, incluso por aquellos que participaron en ella directamente, como Carlos Franqui, de modo que no lo repetiré. Anoto únicamente que la desdichada involución del régimen de Castro ha sido el resultado de la combinación de varias circunstancias: la personalidad misma del jefe revolucionario, que es un típico caudillo latinoamericano en la tradición hispano-árabe; la estructura totalitaria del partido comunista cubano, que fue el instrumento político para la imposición forzada del modelo soviético de dominación burocrática; la insensibilidad y la torpe arrogancia de Washington, especialmente durante la primera fase de la Revolución cubana, antes de que fuese confiscada por la burocracia comunista; y en fin, como en los otros países de América Latina, la debilidad de nuestras tradiciones democráticas. Esto último explica que el régimen, a pesar de que cada día es más palpable su naturaleza despótica y más conocidos los fracasos de su política económica y social, aún conserve parte de su inicial ascendencia entre los jóvenes universitarios y algunos intelectuales. Otros se aferran a estas ilusiones por desesperación. No es racional pero es explicable: la palabra *desdicha*, en el sentido moral de infortunio y también en el material de suma pobreza, parece que fue inventada para describir la situación de la mayoría de nuestros países. Además, entre los adversarios de Castro se encuentran muchos empeñados en perpetuar esta situación terrible. Enemistades simétricas.

No es difícil entender por qué el régimen de Castro todavía goza de algún crédito entre ciertos grupos. Pero explicar no es justificar ni menos disculpar, sobre todo cuando entre los «creyentes» se encuentran escritores, intelectuales y altos funcionarios de gobiernos como los de Francia y México. Por su cultura, su información y su inteligencia, estas personas son, ya que no la conciencia de sus pueblos, sí sus ojos y sus oídos. Todos ellos, voluntariamente, han escogido no ver lo que sucede en Cuba ni oír las quejas de las víctimas de una dictadura inicua. La actitud de estos grupos y personas no difiere de la de los estalinistas de hace treinta años; algunos, un día, se avergonzarán como aquéllos de lo que dijeron y lo que callaron. Por lo demás, el fracaso del régimen de Castro es manifiesto e innegable. Es visible en tres aspectos cardinales. El internacional: Cuba sigue siendo un país dependiente, aunque ahora de la Unión Soviética. El político: los cubanos son menos libres que antes. El económico y social: su población sufre más estrecheces y penalidades que hace veinticinco años. La obra de una revolución se mide por las transformaciones que lleva a cabo; entre ellas, es capital el cambio de las estructuras económicas. Cuba era un país que se caracterizaba por el monocultivo del azúcar, causa esencial de su dependencia del exterior y de su vulnerabilidad económica y política. Hoy Cuba sigue dependiendo del azúcar.

Durante años y años los intelectuales latinoamericanos y muchos europeos se negaron a escuchar a los desterrados, disidentes y perseguidos cubanos. Pero es imposible tapar el sol con un dedo. Hace apenas unos años sorprendió al mundo la fuga de más de cien mil personas, una cifra enorme si se piensa en la población de la isla. La sorpresa fue mayor cuando vimos a los fugitivos en las pantallas de cine y de televisión: no eran burgueses partidarios del viejo régimen ni tampoco disidentes políticos sino gente humilde, hombres y mujeres del pueblo, desesperados y hambrientos. Las autoridades cubanas indicaron que todas esas personas no tenían «problemas políticos» y había algo de verdad en esa declaración: aquella masa humana no estaba formada por opositores sino por *fugitivos*. La fuga de los cubanos no fue esencialmente distinta a las fugas de Camboya y Viet-Nam y responde a la misma causa. Fue una de las consecuencias sociales y humanas de la implantación de las dictaduras burocráticas que han usurpado el nombre del socialismo. Las víctimas de la «dictadura del proletariado» no son los burgueses sino los proletarios. La fuga de los cien mil, como una súbita escampada, ha disipado las mentiras y las ilusiones que no nos dejaban ver la realidad de Cuba. ¿Por cuánto tiempo? Nuestros contemporáneos aman vivir, como los míticos hiperbóreos, entre nieblas morales e intelectuales.

Ya señalé que las dictaduras latinoamericanas se consideran a sí mismas regímenes interinos de excepción. Ninguno de nuestros dictadores, ni los más osados, han negado la legitimidad histórica de la democracia. El primer régimen que se ha atrevido a proclamar una legitimidad distinta ha sido el de Castro. El fundamento de su poder no es la voluntad de la mayoría expresada en el voto libre y secreto sino una concepción que, a pesar de sus pretensiones científicas, tiene cierta analogía con el Mandato del Cielo de la antigua China. Esta concepción, hecha de retazos del marxismo (del verdadero y de los apócrifos), es el credo oficial de la Unión Soviética y de las otras dictaduras burocráticas. Repetiré la archisabida fórmula: el movimiento general y ascendente de la historia encarna en una clase, el proletariado, que lo entrega a un partido que lo delega en un comité que lo confía a un jefe. Castro gobierna en nombre de la historia. Como la voluntad divina, la historia es una instancia superior inmune a las erráticas y contradictorias opiniones de las masas. Sería inútil tratar de refutar esta concepción: no es una doctrina sino una creencia. Y una creencia encarnada en un partido cuya naturaleza es doble: es una iglesia y es un ejército. El apuro que sentimos ante este nuevo obscurantismo no es esencialmente distinto al que experimentaron nuestros abuelos liberales frente a los ultramontanos de 1800. Los antiguos dogmáticos veían en la monarquía a una institución divina y en el monarca a un elegido del Señor; los nuevos ven en el partido a un instrumento de la historia y en sus jefes a sus intérpretes y voceros. Asistimos al regreso del absolutismo, disfrazado de ciencia, historia y dialéctica.

El parecido entre el totalitarismo contemporáneo y el antiguo absolutismo recubre, no obstante, diferencias profundas. No puedo, en este escrito, explorarlas ni detenerme en ellas. Me limitaré a mencionar la central: la autoridad del monarca absoluto se ejercía en nombre de una instancia superior y sobrenatural, Dios; en el totalitarismo, el jefe ejerce la autoridad en nombre de su identificación con el partido, el proletariado y las leyes que rigen el desarrollo histórico. El jefe es la historia universal en persona. El Dios trascendente de los teólogos de los siglos XVI y XVII baja a la tierra y se vuelve «proceso histórico»; a su vez, el «proceso histórico» encarna en este o aquel líder: Stalin, Mao, Fidel. El totalitarismo confisca las formas religiosas, las vacía de su contenido y se recubre con ellas. La democracia moderna había consumado la separación entre la religión y la política; el totalitarismo las vuelve a unir, pero invertidas: el contenido de la política del monarca absoluto era religioso; ahora la política es el contenido de la pseudorreligión totalitaria. El puente que conducía de la religión a la política, en los siglos XVI y XVII, era la teología neotomista; el puente que en el siglo XX lleva de la política al totalitarismo es una ideología pseudocientífica que pretende ser una ciencia universal de la historia y de la sociedad. El tema es apasionante pero lo dejo: debo volver al caso particular de la América Latina...[2]

2. El lector interesado puede leer con provecho las reflexiones penetrantes y esclarecedoras de Claude Lefort en *L'invention démocratique*, París, 1981.

Tanto como la pretensión pseudocientífica de esta concepción, es inquietante su carácter antidemocrático. No sólo los actos y la política del régimen de Castro son la negación de la democracia: también lo son los principios mismos en que se funda. En este sentido la dictadura burocrática cubana es una verdadera novedad histórica en nuestro continente: con ella comienza, no el socialismo sino una «legitimidad revolucionaria» que se propone desplazar a la legitimidad histórica de la democracia. Así se ha roto la tradición que fundó a la América Latina.

IMPERIO E IDEOLOGÍA

Desde mediados del siglo pasado la hegemonía norteamericana sobre el continente fue continua e indiscutible. Aunque denunciada una y otra vez por los latinoamericanos, la Doctrina Monroe fue la expresión de esa realidad. También en esta esfera la Revolución cubana se presenta como una ruptura radical. Nueva intervención de la Némesis: la política desdeñosa y hostil de Washington arrojó a Castro en brazos de Rusia. Como un don caído del cielo de la historia —donde no reina la dialéctica sino la casualidad— los rusos recibieron algo que Napoleón III, la Reina Victoria y el Káiser siempre ambicionaron y nunca obtuvieron: una base política y militar en América. Desde el punto de vista de la historia, el fin de la Doctrina Monroe significa una vuelta al principio: como en el siglo XVI, nuestro continente está abierto a la expansión de las potencias extracontinentales. De ahí que el fin de la presencia norteamericana en Cuba no haya sido una victoria del antiimperialismo. El ocaso (relativo) de la supremacía de los Estados Unidos significa, inequívoca y primordialmente, que la expansión imperial rusa ha llegado a la América Latina. Nos hemos convertido en otro campo de batalla de las grandes potencias. Más exactamente: nos han convertido. No han sido nuestros pasos sino los accidentes de la historia los que nos han llevado a esta situación. ¿Qué podemos hacer? Sea poco o mucho, lo primero es tratar de pensar con lucidez e independencia; en seguida y sobre todo, no resignarse a la pasividad del objeto.

Más afortunados que Napoleón III en su aventura mexicana, los rusos no han tenido necesidad de enviar tropas a Cuba ni de combatir. Es una situación diametralmente opuesta a la de Afganistán. El gobierno de Castro ha liquidado a la oposición, compuesta en su mayoría por antiguos partidarios suyos, y ha dominado y acallado con dureza a los descontentos. La Unión Soviética cuenta en Cuba con aliados seguros, unidos a ella por los lazos del interés, la ideología y la complicidad. La coalición ruso-cubana es diplomática, económica, militar y política. La diplomacia cubana sostiene en todas las cancillerías y en los foros internacionales puntos de vista idénticos a los de la Unión Soviética; además, sirve y defiende, con diligencia y habilidad, a los intereses rusos entre los países no alineados. Rusia y los países del Este europeo subvencionan a la desfalleciente economía cubana aunque, por lo visto, no lo suficiente. En cambio, su ayuda militar es cuantiosa y sin proporción con las necesidades de la isla. En realidad, las tropas cubanas son una avanzada militar de los soviéticos y han participado en operaciones guerreras en África y en otras partes. No es realista —es lo menos que se puede decir— cerrar los ojos, como lo han hecho algunos gobiernos, entre ellos el mexicano, ante el carácter acentuadamente militar de la alianza ruso-cubana.

La importancia de Cuba como base política es mayor todavía, si a estas alturas es lícito distinguir entre lo militar y lo político. La Habana ha sido y es un centro de agitación, propaganda, coordinación y entrenamiento de los movimientos revolucionarios de América Latina. Sin embargo, las revueltas y agitaciones que sacuden a nuestro continente, especialmente en la América Central, no son el resultado de una conspiración ruso-cubana ni de las maquinaciones del comunismo internacional, como se empeñan en repetir los voceros del gobierno norteamericano. Estos movimientos, todos lo sabemos, son la consecuencia de las injusticias sociales, la pobreza y la ausencia de libertades públicas que prevalecen en muchos países latinoamericanos. Los soviéticos no han inventado el descontento: lo utilizan y tratan de confiscarlo para sus fines. Hay que confesar que, casi siempre, lo consiguen. No ha sido ajena a este resultado la errante política de los Estados Unidos. Dicho todo esto, me pregunto ¿por qué muchos movimientos revolucionarios, en su origen generosas respuestas a condiciones sociales injustas y aun intolerables, se convierten en instrumentos soviéticos? ¿Por qué, al triunfar, reproducen en sus países el modelo totalitario de dominación burocrática?

La organización y la disciplina de los partidos comunistas impresionan casi siempre al aprendiz revolucionario; son cuerpos que combinan dos formas de asociación de probada cohesión interna y capacidad proselitista y combativa: el ejército y la orden religiosa. En uno y otra la ideología une a las voluntades y justifica la división del trabajo y las estrictas jerarquías. Ambos son escuelas de acción y de obediencia. El partido, además, es la personificación colectiva de la ideología. La primacía de lo político sobre lo económico es uno de los rasgos que distinguen al imperialismo ruso de los imperialismos capitalistas de Occidente. Pero lo político no como una estrategia y una táctica únicamente sino como una dimensión de la ideología. Alain Besançon llama *ideocracia* a la Unión Soviética y la denominación es justa: en ese país la ideología desempeña una función semejante, aunque en un nivel intelectual mucho más bajo, a la de la teología en la corte de Felipe II. Es una de las características premodernas del Estado ruso y que corroboran su naturaleza híbrida, mixtura sorprendente de arcaísmo y modernidad. Al mismo tiempo, la preeminencia de la ideología explica la seducción que todavía ejerce el sistema comunista en mentes simples y entre intelectuales oriundos de países donde las ideas liberales y democráticas han penetrado tarde y mal. Las clases populares de América Latina, campesinos y obreros tradicional y persistentemente católicos, han sido insensibles a la fascinación del nuevo absolutismo totalitario; en cambio, los intelectuales y la pequeña y alta burguesía, al perder la antigua fe, abrazan este sucedáneo ideológico, consagrado por la «ciencia». La gran mayoría de los dirigentes revolucionarios de América Latina pertenecen a la clase media y alta, es decir, a los grupos sociales donde prolifera la ideología.

La política ideológica no está reñida con el realismo. La historia de los fanatismos es rica en jefes sagaces y valerosos, diestros estrategas y hábiles diplomáticos. Stalin fue un monstruo, no un iluso. Al contrario, la ideología nos aligera de escrúpulos pues introduce en las relaciones políticas, por naturaleza relativas, un absoluto en cuyo nombre todo o casi todo está permitido. En el caso de la ideología comunista el absoluto tiene un nombre: las leyes del desarrollo histórico. La traducción de esas leyes a términos políticos y morales es «la liberación de la humanidad», una tarea confiada por esas mismas leyes, en esta época, al proletariado industrial. Todo lo que sirva a este fin, incluso los crímenes, es moral. ¿Quién define al fin y a los medios? ¿El proletariado mismo? No: su vanguardia, el partido y sus jefes. Hace ya más de cuarenta años, en su respuesta a León Trotsky, el filósofo John Dewey demostró la falacia de este razonamiento. En primer término: es más que dudosa la existencia de esas leyes del desarrollo histórico y más dudoso aún que sean los jefes comunistas los más idóneos para interpretarlas y ejecutarlas. En segundo lugar, incluso si esas leyes tuviesen la vigencia rigurosa de una ley física, ¿cómo deducir de ellas una moral? La ley de la gravitación no es ni buena ni mala. Ningún teorema prohíbe matar o decreta la caridad. Un crítico añade: si Marx hubiese descubierto que las leyes del desarrollo histórico tienden no a liberar a los hombres sino a esclavizarlos, ¿sería moral luchar por la esclavitud universal de la humanidad?[3] El cientismo es la máscara del nuevo absolutismo.

Trotsky no contestó a Dewey, pero después de su muerte no ha disminuido sino aumentado el número de los creyentes en esas leyes que otorgan la absolución moral a aquellos que obran en su nombre. No es difícil

---

3. Baruch Knei-Paz, *The Social and Political Thought of Leon Trotsky*, Oxford University Press, 1978.

advertir los orígenes de esta moral: es una versión laica de la guerra santa. El nuevo absoluto logra conquistar la adhesión de muchas conciencias porque satisface la antigua y perpetua sed de totalidad que padecemos todos los hombres. Absoluto y totalidad son las dos caras de la misma realidad psíquica. Buscamos la totalidad porque es la reconciliación de nuestro ser aislado, huérfano y errante, con el todo, el fin del exilio que comienza al nacer. Ésta es una de las raíces de la religión y del amor; también del sueño de fraternidad e igualdad. Necesitamos a un absoluto porque sólo él puede darnos la certidumbre de la verdad y la bondad de la totalidad que hemos abrazado. Al comienzo, los revolucionarios están unidos por una fraternidad en la que todavía la búsqueda del poder y la lucha de los intereses y las personas son indistinguibles de la pasión justiciera. Es una fraternidad regida por un absoluto pero que necesita además, para realizarse como totalidad, afirmarse frente al exterior. Así nace el *otro*, que no es simplemente el adversario político que profesa opiniones distintas a las nuestras: el *otro* es el enemigo de lo absoluto, el enemigo absoluto. Hay que exterminarlo. Sueño heroico, terrible... y despertar horrible: el *otro* es nuestro doble.

DEFENSA DE LA DEMOCRACIA

Al comenzar el año de 1980 publiqué en varios diarios de América y de España una serie de comentarios políticos sobre la década que acaba de pasar. En el último de esos artículos (apareció en México el 28 de enero de 1980) decía: «La caída de Somoza ha dibujado una interrogación que nadie se atreve todavía a responder: ¿el nuevo régimen se orientará hacia una democracia social o intentará implantar una dictadura del tipo de la de Cuba? Lo segundo sería el comienzo de una serie de conflictos terribles en América Central y que casi seguramente se extenderían a México, Venezuela, Colombia... Esos conflictos no tendrán (no tienen) solamente un carácter nacional ni pueden encerrarse dentro de

183

las fronteras de cada país. Por las fuerzas e ideologías que se afrontan, las pugnas centroamericanas tienen una dimensión internacional. Además, como las epidemias, son fenómenos contagiosos y que ningún cordón sanitario podrá aislar. La realidad social e histórica de Centroamérica no coincide con la artificial división en seis países... Sería una ilusión pensar que estos conflictos pueden aislarse: son ya parte de las grandes luchas ideológicas, políticas y militares de nuestro siglo.»

La realidad confirmó mis temores. El derrocamiento de Somoza, saludado con alegría por los demócratas y los socialistas demócratas de la América Latina, fue el resultado de un movimiento en el que participó todo el pueblo de Nicaragua. Como siempre ocurre, un grupo de dirigentes que se había distinguido en la lucha se puso a la cabeza del régimen revolucionario. Algunas de las medidas del nuevo gobierno, destinadas a establecer un orden social más justo en un país saqueado desde hace más de un siglo por nacionales y extranjeros, fueron recibidas con aplauso. También despertó simpatía la decisión de no aplicar la pena de muerte a los somocistas. En cambio, causó decepción saber que se habían pospuesto las elecciones hasta 1985 (ahora se habla de aplazarlas *ad calendas graecas*): un pueblo sin elecciones libres es un pueblo sin voz, sin ojos y sin brazos. En el curso de estos años la regimentación de la sociedad, los ataques al único periódico libre, el control cada vez más estricto de la opinión pública, la militarización, el espionaje generalizado con el pretexto de medidas de seguridad, el lenguaje y los actos cada vez más autoritarios de los jefes han sido signos que recuerdan el proceso seguido por otras revoluciones que han terminado en la petrificación totalitaria.

A pesar de la amistad y del apoyo económico, moral y político que ha prestado nuestro gobierno al de Managua, no es un misterio que los ojos de los dirigentes sandinistas no se dirigen hacia México sino hacia La Habana en busca de orientación y amistad. Sus inclinaciones procubanas y prosoviéticas son manifiestas. En materia internacional uno de los primeros actos del gobierno revolucionario fue votar, en la conferencia de países no alineados (La Habana, 1979), por el reconocimiento del régimen impuesto en Cambodia por las tropas del Viet-Nam. Desde entonces el bloque soviético cuenta con un voto más en los foros internacionales. Ya sé que no es fácil para ningún nicaragüense olvidar la funesta intervención de los Estados Unidos, desde hace más de un siglo, en los asuntos internos de su país; tampoco su complicidad con la dinastía de los Somoza. Pero los agravios pasados, que justifican el antiamericanismo, ¿justifican el prosovietismo? El gobierno de Managua podía haber aprovechado la amistad de México, Francia y la República Federal de Alemania, así como la simpatía de los dirigentes de la II Internacional, para explorar una vía de acción independiente que, sin entregarlos a Washington, tampoco convierta a su país en una cabeza de puente de la Unión Soviética. No lo ha hecho. ¿Deben los mexicanos seguir brindando su amistad a un régimen que prefiere como amigos a otros?

Gabriel Zaid publicó en el número 56 de *Vuelta* (julio de 1981) un artículo que es el mejor reportaje que he leído sobre El Salvador, además de ser un análisis esclarecedor de la situación en ese país. El artículo de Zaid corrobora que la lógica del terror es la de los espejos: la imagen del asesino que ve el terrorista no es la de su adversario sino la suya propia. Esta verdad psicológica y moral también es política: el terrorismo de los militares y de la ultraderecha se desdobla en el terrorismo de los guerrilleros. Pero ni la Junta ni la guerrilla son bloques homogéneos; están divididos en varios grupos y tendencias. Por esto Zaid insinúa que, tal vez, la posibilidad de una solución que no sea la del exterminio de uno de los dos grupos en pugna, consista en encontrar, en uno y otro campo, aquellos grupos decididos a cambiar las armas por el diálogo. No es imposible: la inmensa mayoría de los salvadoreños, sin distinción de ideología, están en contra de la violencia —sea de la derecha o de los guerrilleros— y anhelan una vuelta a las vías pacíficas y democráticas. Las elecciones del 28 de marzo han corroborado el análisis de Zaid: a pesar de la violencia desatada por los guerrilleros, el pueblo salió a la calle y esperó durante horas, expuesto a los tiros y a las bombas, hasta que depositó su voto. Fue un ejemplo admirable y la indiferencia de muchos ante este pacífico heroísmo es un signo más de la vileza del tiempo que vivimos. El significado de esta elección es indudable: la gran mayoría de los salvadoreños se inclina por la legalidad democrática. La votación ha favorecido al partido social cristiano de Duarte, pero una coalición de los partidos de la derecha y la ultraderecha podría escamotearle el triunfo. Es una situación que podría haberse evitado si las guerrillas hubiesen aceptado la confrontación democrática; según el corresponsal de *The New York Times* en El Salvador habrían obtenido entre el 15 y el 25 por ciento de los votos. Trágica abstención. Si los derechistas asumen el poder, prolongarán el conflicto y causarán un daño irreparable: ganen ellos o los guerrilleros, la democracia será la derrotada.[4]

En la situación de la América Central está inscrita, como en clave, la historia entera de nuestros países. Descifrarla es contemplarnos, leer el relato de nuestros infortunios. El primero, de fatídicas consecuencias, fue el de la independencia: al liberarnos, nos dividió. La fragmentación multiplicó a las tiranías y las luchas entre los tiranos hicieron más fácil la intrusión de los Estados Unidos. Así, la crisis centroamericana presenta dos caras. Una: la fragmentación produjo la dispersión, la dispersión la debilidad y la debilidad ha culminado hoy en una crisis de la independencia: América Central es un campo de batalla de las potencias. Otra: la derrota de la democracia significa la perpetuación de la injusticia y de la miseria física y moral, cualquiera que sea el ganador, el coronel o el comisario. Democracia e independencia son realidades complementarias e inseparables: perder a la primera es perder a la segunda y viceversa. Hay que ayudar a los centroamericanos a ganar la doble batalla: la de la democracia y la de la independencia. Tal vez no resulte impertinente reproducir la conclusión del artículo a que aludí más arriba: «La

4. Escribí estas líneas dos días después de las elecciones en El Salvador. La situación posterior, por desgracia, ha confirmado mis temores.

política internacional de México se ha fundado tradicionalmente en el principio de no intervención... Fue y es un escudo jurídico, una arma legal. Nos ha defendido y con ella hemos defendido a otros. Pero hoy esa política es insuficiente. Sería incomprensible que nuestro gobierno cerrase los ojos ante la nueva configuración de fuerzas en el continente americano. Ante situaciones como las que podrían advenir en América Central no basta con enunciar doctrinas abstractas de orden negativo: tenemos principios e intereses que defender en esa región. No se trata de abandonar el principio de no intervención sino de darle un contenido positivo: queremos regímenes democráticos y pacíficos en nuestro continente. Queremos amigos, no agentes armados de un poder imperial.»

Los problemas de la América Latina, se dice, son los de un continente subdesarrollado. El término es equívoco: más que una descripción es un juicio. Dice pero no explica. Y dice poco: ¿subdesarrollo en qué, por qué y en relación con qué modelo o paradigma? Es un concepto tecnocrático que desdeña los verdaderos valores de una civilización, la fisonomía y el alma de cada sociedad. Es un concepto etnocentrista. Esto no significa desconocer los problemas de nuestros países: la dependencia económica, política e intelectual del exterior; las inicuas desigualdades sociales, la pobreza extrema al lado de la riqueza y el despilfarro, la ausencia de libertades públicas, la represión, el militarismo, la inestabilidad de las instituciones, el desorden, la demagogia, las mitomanías, la elocuencia hueca, la mentira y sus máscaras, la corrupción, el arcaísmo de las actitudes morales, el machismo, el retardo en las ciencias y en las tecnologías, la intolerancia en materia de opiniones, creencias y costumbres. Los problemas son reales, ¿lo son los remedios? El más radical, después de veinticinco años de aplicación, ha dado estos resultados: los cubanos son hoy tan pobres o más que antes y son mucho menos libres; la desigualdad no ha desaparecido: las jerarquías son distintas pero no son menos sino más rígidas y férreas; la represión es como el calor: continua, intensa y general; la isla sigue dependiendo, en lo económico, del azúcar y, en lo político, de Rusia. La Revolución cubana se ha petrificado: es una losa de piedra caída sobre el pueblo. En el otro extremo las dictaduras militares han perpetuado el desastroso e injusto estado de cosas, han abolido las libertades públicas, han practicado una cruel política de represión, no han logrado resolver los problemas económicos y en muchos casos han agudizado los sociales. Y lo más grave: han sido y son incapaces de resolver el problema político central de nuestras sociedades: el de la sucesión, es decir, el de la legitimidad de los gobiernos. Así, lejos de suprimir la inestabilidad, la cultivan.

La democracia latinoamericana llegó tarde y ha sido desfigurada y traicionada una y otra vez. Ha sido débil, indecisa, revoltosa, enemiga de sí misma, fácil a la adulación del demagogo, corrompida por el dinero, roída por el favoritismo y el nepotismo. Sin embargo, casi todo lo bueno que se ha hecho en América Latina, desde hace un siglo y medio, se ha hecho bajo el régimen de la democracia o, como en México, *hacia* la democracia. Falta mucho por hacer. Nuestros países necesitan cambios y reformas, a un tiempo radicales y acordes con la tradición y el genio de cada pueblo. Allí donde se han intentado cambiar las estructuras económicas y sociales desmantelando al mismo tiempo las instituciones democráticas, se ha fortificado a la injusticia, a la opresión y a la desigualdad. La causa de los obreros requiere, ante todo, libertad de asociación y derecho de huelga: esto es lo primero que le arrebatan sus liberadores. Sin democracia los cambios son contraproducentes; mejor dicho: no son cambios. En esto la intransigencia es de rigor y hay que repetirlo: los cambios son inseparables de la democracia. Defenderla es defender la posibilidad del cambio; a su vez, sólo los cambios podrán fortalecer a la democracia y lograr que al fin encarne en la vida social. Es una tarea doble e inmensa. No solamente de los latinoamericanos: es un quehacer de todos. La pelea es mundial. Además, es incierta, dudosa. No importa: hay que pelearla.

III

CRÓNICA DE LA LIBERTAD

Las clases superiores de Europa han contemplado con desvergonzada satisfacción o con fingida piedad o con estúpida indiferencia la conquista por los rusos del reducto montañés del Cáucaso y el asesinato de la heroica Polonia. Las intrusiones enormes, jamás contrarrestadas, de ese bárbaro poder cuya cabeza está en San Petersburgo y las activas manos en todas las cancillerías europeas, han enseñado a los trabajadores que tienen un deber: penetrar en los misterios de la política internacional, vigilar las maniobras de sus gobiernos respectivos, oponerse a ellas si es preciso y por todos los medios a su alcance... denunciarlos y reivindicar las leyes elementales de la moral y de la justicia que deben regir el trato entre particulares como la regla soberana de las relaciones entre los pueblos. La lucha por esta política extranjera es parte de la lucha general por la emancipación de las clases trabajadoras.

CARLOS MARX
(Discurso inaugural de la Asociación
Internacional de Trabajadores,
Londres, 1864)

SIEMBRA DE VIENTOS

Polonia es un país grande por su historia, no por su tamaño ni por su población. Su territorio es un poco menos de la sexta parte de México y su población es un poco más de la mitad de la nuestra. Situada entre la inmensa llanura rusa y el comienzo de la accidentada península europea, entre el gran frío y el clima templado, la palabra *entre* no sólo define a la geografía de Polonia sino a su historia y a su cultura. Los polacos son eslavos y esto los opone a sus vecinos, los germanos; a su vez, están separados de los rusos, también eslavos, por la cultura, la religión y la historia. Entre los prusianos protestantes y los rusos ortodoxos, Polonia ha logrado preservar su cultura nacional, profundamente católica y que ostenta muchos rasgos que vienen de la civilización latina. Desde el siglo XVIII los polacos han vivido, primero, entre la doble presión del Imperio ruso y la de los Imperios de Austria y Prusia; después, en la época moderna, entre Hitler y Stalin. Su suelo ha sido el corredor de los ejércitos de invasión de Occidente —Napoleón, Guillermo II, Hitler— hacia Rusia; asimismo, ha sido el camino de las tropas zaristas y soviéticas hacia Europa. Esta fatalidad geográfica, tanto o más que las afinidades culturales, ha hecho que Polonia buscase siempre como aliadas a Francia e Inglaterra. Unas aliadas no siempre fieles.

La historia del Estado polaco, desde su fundación en el siglo X, fue la de un guerrear constante contra príncipes rusos, caballeros de la Orden Teutónica, reyes suecos, caudillos mongoles, sultanes turcos. A las amenazas del exterior se unía la inestabilidad interior. Polonia era una monarquía electiva y los grandes electores eran los nobles, una clase turbulenta y celosa de sus prerrogativas. Este régimen, a un tiempo fuente de libertades y de anarquía, fomentaba las discordias, provocaba guerras civiles y abría la puerta a las intromisiones extranjeras. A fines del siglo XVIII la monarquía polaca tuvo que hacer frente a tres poderosos enemigos: Rusia, Prusia y Austria. En 1772 los tres grandes imperios invadieron Polonia y le arrebataron el 30 por ciento de su territorio. Ante la adversidad, un grupo de patriotas, bajo la doble influencia de la Revolución de Independencia de los Estados Unidos y del pensamiento de Montesquieu y de Rousseau, emprendió un movimiento de reforma nacional que culminó con la constitución de 1791. Fue la primera constitución escrita de Europa, desde la Antigüedad grecorromana. Consagraba tres principios: la soberanía popular, la separación de los tres poderes y la responsabilidad de los ministros ante el parlamento. La joven democracia polaca duró poco: Catalina de Rusia encontró subversivo el experimento y las tropas rusas invadieron Polonia en 1792. Las siguieron los ejércitos prusianos y austríacos. A este segundo reparto sucedió otro, definitivo, en 1795. Polonia desapareció como nación soberana. No recobró la independencia sino hasta un siglo después, en 1918.

Durante el siglo XIX los polacos no cesaron de luchar por la preservación de su identidad. Unos aspiraban a la autonomía y otros, los más radicales, a la independencia. En los albores de este siglo dos partidos políticos se pronunciaron abiertamente por la independencia: los nacionalistas demócratas y los socialdemócratas. Estos últimos dirigidos por Josef Pilsudski. El ala izquierda de los socialdemócratas, bajo el influjo intelectual y político de Rosa Luxemburgo, propugnaba por la caída de la autocracia rusa y por una revolución socialista internacional; entre sus objetivos no figuraba la reconquista de la soberanía nacional de Polonia. Rosa Luxemburgo vio con gran claridad que la supresión de las libertades no tardaría en convertir a la revolución bolchevique en otra autocracia reaccionaria; sin embargo, no se dio cuenta de la importancia del nacionalismo y de la influencia que tendría en el siglo XX. Extraña ceguera en una mente tan lúcida. En cambio, Pilsudski era nacionalista antes que socialista y demócrata. Con rara penetración dijo en 1914, un poco antes que estallara la guerra: «La independencia de Polonia sólo podrá alcanzarse si, primero, Rusia es derrotada por Alemania y si, después, Alemania es derrotada por Inglaterra, Francia y los Estados Unidos.» Estas previsiones se cumplieron. En 1918, al derrumbe de los Imperios centrales, Pilsudski fue liberado de una prisión alemana, regresó a Varsovia y se puso al frente del gobierno nacional polaco y de su ejército. Polonia había recobrado su independencia.

El Tratado de Versalles otorgó a Polonia los territorios que habían estado bajo la dominación de Austria y Alemania. Pero en algunos de ellos la población alemana era muy numerosa. La situación de estos territorios envenenó las relaciones entre Polonia y la nueva República de Alemania. Las fronteras con Rusia también fueron causa de graves diferencias. Al retirarse los alemanes de esa zona, avanzaron los ejércitos polacos y rusos,

191

cada uno por su lado. Los bolcheviques se proponían
llevar la Revolución por las armas a la Europa Central,
es decir, a Alemania; en palabras de Lenin: «Hay que
derribar la muralla (Polonia) que separa a la Rusia soviética de la Alemania revolucionaria.» Los polacos bus-
caban ganancias territoriales. En diciembre de 1919 el
ministro de Negocios Extranjeros de la Gran Bretaña,
lord Curzon, propuso a Moscú y a Varsovia un armis-
ticio a lo largo de las posiciones ocupadas por el ejército polaco, la llamada línea Curzon. Pero la situación
en el frente cambió. Los rusos lanzaron, en febrero de
1920, una ofensiva; después de algunos triunfos inicia-
les, fueron detenidos y derrotados en agosto y septiembre. El año siguiente se firmó un tratado de paz y Polonia extendió sus fronteras más allá de la línea Curzon.
Una línea fatídica, como se vería veinte años después.

COSECHA DE TEMPESTADES

Entre 1918 y 1938 el Estado polaco se afianzó. Sin
embargo, ni los sucesivos gobiernos —casi todos bajo
la influencia de Pilsudski, gran político y buen general
pero incompetente estadista— ni las clases dirigentes
lograron resolver los graves problemas sociales y económicos del país. En materia internacional, Polonia
continuó su tradicional política de amistad con Francia
e Inglaterra. La resurrección del nacionalismo germano
y, después, el triunfo de Hitler hicieron imposible todo
entendimiento con Alemania. En el Este el gobierno polaco tampoco logró tener buenas relaciones con Stalin.
No obstante, en 1932 los polacos concluyen un pacto de
no agresión con la Unión Soviética y en 1934 otro con
la Alemania nazi. Ambos pactos fueron violados por
Hitler y Stalin. En 1938, después de unos años de desórdenes internos, agravados por las amenazas del exterior,
hubo una resurrección del patriotismo polaco que alcanzó también a los grupos de izquierda. La reacción
de Stalin fue la disolución del Partido Comunista Polaco, acusando a los líderes de ser espías capitalistas y
agentes provocadores. El secretario general del Partido,

Lenski, fue llamado a Moscú y ejecutado después. Igual suerte corrieron otros dirigentes, fundadores del partido y compañeros de Lenin: Warski, Waleski, Vera Kostrozewa. La disolución del Partido Comunista Polaco y la exterminación de su dirección fue un anuncio de lo que vendría un poco después. El 23 de agosto de 1939 los ministros de Negocios Extranjeros de Hitler y Stalin, Ribbentrop y Molotov, firmaron un pacto de no agresión. El pacto contenía un protocolo secreto que preveía el reparto de Polonia entre las dos potencias. El primero de septiembre las tropas nazis invadieron Polonia y en dos semanas deshicieron el ejército polaco. El 17 de septiembre los rusos avanzaron y ocuparon una extensa zona de Polonia, hasta la antigua línea Curzon.

Es difícil encontrar en la historia algo semejante a la dureza y la crueldad de la ocupación alemana de Polonia. Se calcula que murieron, a consecuencia de las operaciones militares, seiscientas mil personas pero la mayoría (medio millón) no fueron combatientes sino civiles. Lo más terrible fue la exterminación colectiva en los campos de concentración; cinco millones fueron asesinados, la mayoría de origen judío. El terror también reinó en la zona ocupada por Rusia. Debe agregarse, además, la política de deportación de poblaciones enteras, practicada por las dos potencias. No obstante, poco a poco, surgió la resistencia polaca. Se formó un gobierno en el exilio, primero establecido en París y, a la caída de Francia, en Londres. Pero la ocupación rusa de una parte de Polonia colocó en una situación equívoca al gobierno británico. Por una parte, había prometido su ayuda a Polonia, que era su aliada; por la otra, no quería malquistarse con Rusia. El ministro de Negocios Extranjeros, lord Halifax, se lavó las manos señalando que las tropas rusas de ocupación sólo habían llegado a la línea Curzon. Ésta fue la base de los acuerdos de Yalta, en el asunto de las fronteras entre Polonia y la Unión Soviética.

El 22 de junio de 1941 se desencadenó el ataque alemán contra Rusia. En seguida cambió la relación del gobierno polaco en el exilio con Moscú. Sin embargo, la mejoría de las relaciones entre ambos gobiernos fue relativa y efímera. Los dividió el problema de las fronteras: Stalin quería reconquistar los territorios perdidos por Rusia durante la primera guerra mundial; además, heredero de la política imperial de los zares, el gobierno soviético deseaba extender su hegemonía sobre Polonia, Checoslovaquia y los Balkanes. Roosevelt y Churchill no quisieron o no pudieron oponerse a los designios de Stalin. En abril de 1943 el gobierno polaco en el exilio declaró que se había descubierto el asesinato de quince mil oficiales polacos prisioneros, ejecutados en mayo de 1940 en el pueblo de Katyn. Los alemanes hacían responsables a los rusos de la matanza y el gobierno polaco pidió una explicación a Moscú. El gobierno soviético contestó diciendo que los alemanes habían sido los autores de la carnicería. Los polacos pidieron pruebas y que se permitiese a la Cruz Roja Internacional examinar las tumbas. La respuesta de Stalin fue romper relaciones con el gobierno polaco de Londres. De nuevo Estados Unidos e Inglaterra se hicieron de la vista gorda y archivaron las protestas de los polacos, que ponían en peligro su amistad con la Unión Soviética.

Ese mismo año de 1943 el ghetto de Varsovia, en un acto desesperado, se sublevó; al cabo de tres semanas, los nazis dominaron a los insurrectos y asesinaron a los judíos sobrevivientes. Al año siguiente Varsovia fue teatro de otro sacrificio: el ejército polaco del interior, compuesto por patriotas de la resistencia, se levantó; sin auxilio de Occidente y ante la impasibilidad de las tropas rusas, que no movieron un dedo en su favor, la rebelión también fue aplastada. Stalin dejó que los nazis acabaran con los partidarios del gobierno polaco de Londres; sólo entonces los rusos reanudaron su avance. La actitud de Stalin se aclara —aunque no se justifica— apenas se sabe que en 1942, en territorio ruso, se reconstituye el disuelto Partido Comunista Polaco, y que, bajo sus auspicios y control, se crea el Comité de Liberación Nacional, origen del Gobierno de Unidad Nacional. La derrota de la sublevación de Varsovia dejó el camino libre al nuevo gobierno de inspiración comunista. Uno de sus líderes principales fue Ladislao Gomulka.

En Yalta, en 1945, Roosevelt y Churchill decidieron abandonar a su antiguo aliado, el gobierno polaco de Londres, y reconocer al gobierno patrocinado por Moscú. Un poco después, en la Conferencia de Potsdam, Truman y Churchill intentaron rectificar esa política; demasiado tarde: los dados estaban echados. La Unión Soviética recuperó todo lo que había perdido en 1918, es decir, restableció las antiguas fronteras imperiales zaristas; además, obtuvo parte de Prusia oriental con su antigua capital Königsberg, fundada en el siglo XIII por los caballeros de la Orden Teutónica y en cuya Universidad había enseñado Kant. Hoy Königsberg se llama Kaliningrado, en honor de Kalinin, el amigo de Stalin. Para resarcir a Polonia, se extendió hacia el Oeste su territorio, hasta la línea trazada por los ríos Oder y Neisse. Pero la ganancia mayor fue el establecimiento de un gobierno comunista en Polonia, ligado al de la Unión Soviética por lazos de fidelidad y amistad incondicionales.

Lenin y Trotsky habían querido llevar la revolución por las armas a Polonia y Alemania, al corazón de Europa. Tenían la creencia (ingenua) de que a la vista de los ejércitos rojos, los pueblos se levantarían y se unirían a ellos. Más realista y cínico, Stalin impuso por la fuerza un régimen comunista a un pueblo que no era ni es comunista. Fue un acto de fuerza pero también de astucia: la diplomacia soviética supo utilizar el egoísmo o la ceguera de las potencias de Occidente. Todo lo que ha ocurrido después ha sido consecuencia de este hecho primordial, básico: no fue una revolución popular sino una imposición militar extranjera la que estableció el comunismo en Polonia. Ocurrió lo mismo, con pequeñas variantes, en Checoslovaquia, Hungría, Rumania, Bulgaria y Alemania Oriental. Ésta es la gran diferencia entre esos países y Yugoslavia y China, en donde sí existían fuertes movimientos comunistas nacionales. El comunismo polaco no ha sido ni es nacional: ésta es su tara de origen. Desde su nacimiento, ha sido la expresión de la ideología de una potencia extranjera y el instrumento de sus intereses imperialistas. Si resucitase

Marx, se indignaría ante esta perversión de sus ideas. No es Marx el que acertó sino Maquiavelo.

EL SOCIALISMO IRREAL

En los meses finales de la guerra, a pesar de sus divisiones internas, los polacos se unieron en el combate contra los nazis. Unos combatieron al lado de los aliados y otros con los rusos. De nada les valió. Aunque el nuevo gobierno incluyó algunas figuras políticas de orientación democrática, desde el principio estuvo dominado por los comunistas. Entre 1945 y 1948 Polonia se transformó en una «democracia popular». En el curso del proceso, como ocurrió en otras partes, los comunistas se apoderaron del Estado, de los medios de producción y de los productores mismos (o sea: de los trabajadores). Los antiguos partidos políticos se refugiaron en la clandestinidad hasta que, perseguidos por la policía política, desaparecieron. Más tarde, con otras ideas y otras tácticas políticas, renacería la oposición. Dos comunistas probados, ambos formados en la Unión Soviética, Ladislao Gomulka y Boleslao Bierut, dirigieron al Partido y al Estado. Desde los primeros días se manifestó el rasgo característico del sistema de dominación burocrática que, sin exactitud, se llama a sí mismo «socialista»: la fusión entre el Partido y el Estado.

En 1948 estalló la primera crisis. Aunque Gomulka fue siempre un amigo y un colaborador de la Unión Soviética, en dos capítulos difirió de la política de Stalin: se opuso a la colectivización de la agricultura y a la condenación de Tito. Acusado de «desviación nacionalista», fue destituido de sus cargos y detenido con otros colegas y partidarios. Su rival Bierut, llamado por su docilidad: «el Stalin polaco», asumió el poder. Se colocó a su lado, como ministro de Defensa, a un militar ruso de origen polaco, el mariscal Rokossowsky.

El Partido no sólo es el Estado: también es una Iglesia y su jurisdicción se extiende a las conciencias. Era fatal el choque del Partido con la Iglesia católica. Desde el siglo X la Iglesia católica se ha identificado con la nación polaca: atacar a ésta es atacar a la Iglesia y viceversa. Como en el caso de Gomulka, aunque más acentuadamente, las diferencias de orden doctrinal y político se tiñeron inmediatamente de nacionalismo. Éste es uno de los temas recurrentes de la historia de Polonia y reaparece, más o menos encubierto, en los episodios más salientes de los últimos veinte años. El resultado de la confrontación entre la Iglesia y el Estado-partido fue el mismo que el del conflicto con Gomulka: el cardenal Wyszinsky fue encarcelado.

La muerte de Stalin y la política de liberalización de Jruschov afectaron lo mismo a Polonia que a los otros países de Europa del Este. La denuncia de los crímenes de Stalin durante el XX Congreso del Partido Comunista Ruso, que Bierut no tuvo más remedio que oír y aplaudir un poco antes de su muerte, precipitó la rebelión de Polonia. En junio de 1956 los trabajadores de la zona industrial de Poznan se lanzaron a la calle pidiendo pan, libertad de asociación, elecciones libres y la salida de los rusos. Al día siguiente, el ejército restableció el orden: más de cincuenta muertos, cientos de heridos y un número desconocido de prisioneros. Pero la burocracia estalinista tuvo que ceder y Gomulka regresó al poder. Fue una solución de compromiso: Gomulka no era un enemigo de los rusos pero tampoco un incondicional suyo. Suspendió la colectivización de la agricultura y aligeró un poco la censura. Alarmados, los rusos destacaron varias divisiones en la frontera y, sin previo aviso, se presentaron en Varsovia Jruschov, Molotov, el mariscal Koniev y otros altos dignatarios. El pueblo apoyó a Gomulka y éste, con habilidad, convenció a sus aliados rusos de su lealtad. El impulsivo pero realista Jruschov se retiró.

Este episodio contiene una doble lección histórica. La primera: las luchas de los obreros por la libertad de asociación y el derecho de huelga son inseparables de las luchas por la democracia y la libertad de los otros sectores de la población, sean intelectuales, estudiantes, campesinos o clérigos. De ahí que toda demanda de libertad en un sector repercuta en todo el cuerpo social. La segunda: en estas luchas sociales —incluso en las intrigas de palacio en el seno de la burocracia comunista— aparece inmediatamente el sentimiento nacional. El pueblo que apoyó a Gomulka en octubre de 1956 no era comunista: era patriota. El tema central de la historia moderna de Polonia ha sido la pasión nacional y las tradiciones culturales y religiosas del pueblo polaco.

Aunque el gobierno de Gomulka fue más liberal que el de sus predecesores, tampoco fue democrático. Se llegó a un *modus vivendi* con la Iglesia, pero el Partido —el Comité Central— no cejó en su pretensión de propietario único de la verdad. El régimen siguió siendo una dictadura, sin libertad de expresión, sin libertad sindical y sin elecciones libres. En 1967 y 1968 las medidas restrictivas del gobierno, lo mismo en la esfera vital de la alimentación, el vestido, el transporte y la vivienda que en la de la cultura y el pensamiento, provocaron nuevas protestas. Vale la pena destacar un hecho que muestra la interdependencia del sistema imperial ruso de dominación burocrática: de la misma manera que la rebelión obrera de Poznan en 1956 fue un anuncio de la revolución nacional de Hungría ese año, las protestas de 1967 y 1968 en Polonia coincidieron con la «Primavera de Praga», congelada por los tanques rusos. El régimen imperial ruso, fundado en el dominio de una nueva clase: la burocracia, es nacional e internacional. El centro está en Moscú pero en cada país se reproduce el sistema; cada burocracia se siente solidaria de las otras y unida a Moscú por una triple dependencia: ideológica, económica y militar. La crisis de una zona repercute en las otras.

En 1970 la penuria, la falta de comida y la ausencia de libertades lanzaron de nuevo a la calle a los obreros del gran puerto industrial de Gdansk. Los trabajadores invadieron los locales del Partido en esa ciudad. Gomulka llamó al ejército. Hubo cientos de muertos y heridos, miles de prisioneros. Nueva crisis política. Caída de Gomulka. Lo reemplazó Eduardo Gierek. Fue otra solución de compromiso. Gierek prometió modernizar la economía, elevar el nivel de vida de la población y volver realidad la «democracia socialista». Su proyecto tendía a convertir a Polonia en una sociedad moderna, capaz de producir bienes de consumo, un poco a la manera de Hungría, pero conservando intacto el sistema de control y dominación burocráticos. Un ideal contradictorio. Todo terminó en un fracaso colosal: en 1980 Polonia se encontró con una deuda de más de veintitrés mil millones de dólares. Gran paradoja: los acreedores son los gobiernos y los bancos de Occidente.

Mal comido, mal vestido y mal tratado, el pueblo volvió a mostrar ruidosamente su descontento. En las universidades y en los círculos intelectuales se había iniciado, desde hacía años, un movimiento de crítica filosófica, moral y política. Muchos de esos intelectuales disidentes venían del marxismo; otros del catolicismo. Entre ellos se distinguió Jacek Kuron, que más tarde sería consejero de *Solidaridad*. Los intelectuales se asociaron a los obreros y en 1976 se fundó el Comité de Defensa Social (KOR). Como los obreros europeos y norteamericanos desde 1870, los trabajadores polacos comenzaron en 1976 a formar uniones y sindicatos. Aunque ilegales y clandestinos, esos sindicatos se multiplicaron y cobraron fuerza. Uno de los dirigentes de este movimiento fue un obrero que había participado en las protestas de 1970: Lech Walesa. Su figura es emblemática de las fuerzas que mueven al pueblo polaco. Lech Walesa nació en un pueblo cercano a Varsovia. Su madre era campesina y su padre carpintero. Es electricista. Posee dos trajes y cinco pares de calcetines: un verdadero proletario. También un verdadero polaco tradicional: católico, nacionalista, generoso y sin mucho sentido del orden. Su mujer se llama Miroslava; como llamarse Lupita en México o Carmen en España. La pareja tiene seis hijos. En 1976 Walesa fue despedido de los astilleros, estuvo varios meses sin empleo y vigilado por la policía. Fue uno de los organizadores de los sindicatos libres del Báltico. Walesa no es ni un intelectual ni un teórico. Tiene pocas ideas, mucho sentido común y un antiguo e instintivo sentido de la justicia. Es un hombre salido del pueblo y en su persona se funden dos tradiciones: la inmemorial de los campesinos con su cultura de siglos y la del proletariado industrial moderno. Nadie más alejado del obrero que pintan los manuales marxistas que Lech Walesa. No es una entelequia: es un hombre real.

La elección como Papa del cardenal de Cracovia, Carol Wojtila, contribuyó poderosamente al despertar popular. El viaje de Juan Pablo a Polonia, en 1979, conmovió a millones de polacos. La visita tuvo una doble significación, espiritual e histórica. Renovó y revivió la fe del pueblo polaco; al mismo tiempo, hizo visible la verdadera identidad histórica de Polonia. Las multitudes que aclamaron al Papa revelaron un secreto a voces: el divorcio entre el pueblo y sus gobernantes, la divergencia radical entre la cultural popular y la cultura oficial de la oligarquía. La influencia que ha ejercido la figura del Papa, en la que se enlazan las dos tradiciones de Polonia: la nacional y la religiosa, desmiente de nuevo a las interpretaciones sociológicas e históricas que profesan los intelectuales de Occidente y de la América Latina. Ni el marxismo bizantino a la Althusser ni el desmelenado y romántico a la Sartre ofrecen una explicación coherente de lo que ha ocurrido en Hungría, Checoslovaquia y Polonia, para no hablar de Rusia. Exhiben la misma insuficiencia las interpretaciones de los intelectuales «progresistas» de Occidente, sobre todo las de los llamados «liberales» de los Estados Unidos, con su mezcla de empirismo, positivismo, masoquismo e hipocresía.

¿Fin o comienzo?

El 2 de julio de 1980 el gobierno decretó un aumento en el precio de la carne. El pueblo se manifestó en contra, estallaron huelgas en Lublin y Poznam y el movimiento llegó a Gdansk. El astillero Lenin, irónicamente, se convirtió en el centro de la huelga. Sacrilegio simbólico: los obreros colocaron, frente a la imagen de Lenin, un gran retrato de Juan Pablo II, adornado con flores. Los huelguistas eligieron un Comité y redactaron un pliego de demandas: libertad de asociación, libertad de expresión, liberación de los presos políticos, elevación de salarios, menos horas de trabajo, etc. El gobierno se negó a discutir, siquiera, estos temas. Las huelgas se extendieron. Se encarceló a Kuron y a otros quince miembros del KOR. Medio millón de trabajadores se unieron al movimiento encabezado por Walesa. El 30 de agosto el gobierno aceptó las demandas de los huelguistas. Entre ellas, algo inaudito: el derecho de los trabajadores a formar sindicatos independientes y el derecho de huelga. Fue un gran triunfo.

Los acontecimientos provocaron la caída de Gierek y el nombramiento de un nuevo dirigente, Estanislao Kania. Los sindicatos independientes se unieron y fundaron *Solidaridad*, que llegó a tener diez millones de miembros, la cuarta parte de la población de Polonia. Se liberó a los disidentes del KOR. Los obreros y, a su ejemplo, toda la población, usaron los nuevos derechos democráticos con un ímpetu simultáneamente generoso e imprudente. La libertad es un aprendizaje lento y difícil. Pero en ningún caso los obreros, a pesar de ciertos excesos verbales y retóricos, abusaron realmente. La agitación penetró en las filas del Partido Comunista Polaco. Dos causas explican el contagio: la primera, la abierta contradicción entre la ideología obrerista del régimen y la situación real de los trabajadores; la segunda, el sentimiento nacional siempre vivo. Cerca de un millón abandonó el Partido. Otros militantes prefirieron quedarse e intentaron una reforma interior. Fracasaron pero lograron desalojar del Comité Central a la mayoría de los viejos burócratas, con la excepción de Kania y el general Jaruselski.

Los dirigentes rusos vieron con una mezcla de estupefacción e indignación todos estos cambios. Varias veces Kania y los otros dirigentes polacos fueron llamados a Moscú, para dar explicaciones y recibir instrucciones. El Comité Central del Partido Comunista Ruso envió una carta conminatoria al de Polonia: «La ofensiva de las fuerzas enemigas del socialismo amenaza a nuestra comunidad, a nuestras fronteras y a nuestra común seguridad.» En diciembre se reunieron en Moscú los dirigentes de los integrantes del Pacto de Varsovia y reiteraron en tono amenazador que «Polonia había sido, era y seguiría siendo socialista». En agosto de 1981 el comandante de las fuerzas del Pacto de Varsovia, el mariscal ruso Kulinov, se presentó en la capital polaca. Ese mismo día Kania y el nuevo primer ministro de Polonia, el general Jaruselski, se entrevistaron de nuevo en Moscú con Brejnev. En septiembre: nueva conminación pública del Kremlin al gobierno y al partido polacos. Al finalizar octubre —un mes y medio antes del golpe militar— las tropas ruso-polacas realizaron maniobras militares dentro del territorio mismo de Polonia y la televisión mostró imágenes de tanques avanzando por los campos.

Mientras el gobierno ruso y sus aliados multiplicaban las amenazas y acumulaban tropas en las fronteras, el movimiento popular polaco crecía en extensión y profundidad. Comenzaron a editarse, venciendo toda clase de obstáculos, revistas independientes. *Solidaridad* publicó un semanario en el que se exhibían los privilegios de la oligarquía comunista. Un semanario católico alcanzó una circulación doble —medio millón de ejemplares— al de la publicación oficial del Partido Comunista. El poeta Milosz, desterrado de Polonia desde 1953, visitó a su país. El cineasta André Wajda filmó *Hombre de Hierro*, una película basada en las huelgas de Gdansk. El gobierno no abrió a *Solidaridad* los canales de la televisión pero permitió la transmisión por radio de los servicios religiosos. Los campesinos se unieron y formaron una agrupación semejante a *Solidaridad*. Los estudiantes los imitaron y pidieron que dejasen de ser obligatorias las clases de marxismo y de lengua rusa.

La Iglesia fue una fuerza moderadora. En el curso de 1981 Walesa visitó al Papa, que bendijo su lucha y lo exhortó a la prudencia. La muerte del cardenal Wyzsynski no entibió las relaciones entre *Solidaridad* y la Iglesia. Walesa y los otros líderes se reunieron varias veces con el nuevo cardenal, Josef Glemp. La cautela de la Iglesia contrasta con el radicalismo de algunos sectores de *Solidaridad.* En su reunión de septiembre de 1981, el Congreso de *Solidaridad* exhortó a los trabajadores de los países socialistas a formar, ellos también, sindicatos independientes. Resolución irreprochable pero imprudente. También lo fue la resolución relativa a la gestión de las fábricas por los trabajadores, sin intervención de la burocracia estatal. Aparte de sus dificultades técnicas de aplicación, proponer una medida de este género hería en lo vivo a la clase dominante. El realista Walesa dulcificó esta moción. Sin embargo, no fueron estas resoluciones, más bien declamatorias y utópicas, las que desencadenaron la represión: fue el miedo de la oligarquía, que vio amenazados sus intereses y que no desea compartir con nadie su monopolio político y económico. El miedo de la oligarquía y la presión de Moscú.

El 18 de octubre de 1981 se destituyó a Kania. El general Jaruselski fue nombrado secretario general del Partido Comunista Polaco. En su persona se reúnen tres jefaturas: la del Partido, la del Gobierno y la del Ejército. Fue la primera vez que en un país comunista, un militar asume la dirección política. Éste es un signo de la gravedad de la crisis y de la descomposición ideológica del sistema comunista. Jaruselski es un militar político: desde hace diez años es miembro del Comité Central del Partido Polaco. Al principio, pareció propugnar por una alianza entre el Partido, la Iglesia y *Solidaridad*. Unión contranatural, tanto por la índole de los tres organismos como porque jamás hubiera podido ser aprobada por Moscú. En realidad se trataba de ganar un poco de tiempo, en espera de un pretexto para dar el golpe. El pretexto lo dieron los extremistas de *Solidaridad*. Reunidos en Gdansk, el 12 de diciembre, ante la oposición de Walesa, lograron que se aprobase una moción que pedía un referéndum para decidir si el pueblo aprobaba la dominación del Partido Comunista y si debía continuar la alianza militar con la Unión Soviética. Tenían razón pero eran imprudentes: olvidaron las lecciones de Hungría y de Checoslovaquia. El mismo 12 de diciembre la fuerza pública cortó las comunicaciones con el exterior, ocupó los locales de *Solidaridad* y arrestó a los líderes. El 13 de diciembre se decretó la ley marcial. En dos semanas el ejército sofocó los centros de agitación. Se ignoran las cifras exactas, pero se sabe que murió mucha gente y hubo miles de prisioneros. Como en 1791, la joven democracia polaca murió en 1981 de muerte violenta. Los asesinos fueron los mismos de hace dos siglos: la potencia imperial rusa y sus cómplices polacos.

Aunque es imposible prever lo que ocurrirá en el porvenir inmediato, sí pueden enumerarse algunas de las lecciones históricas y políticas que nos ha dado el movimiento obrero de Polonia. La primera es la siguiente: los sindicatos libres polacos han mostrado una vez más y sin lugar a dudas que la lucha de clases —ese concepto tan usado y manoseado por los profesores de marxismo-leninismo— es una realidad que se manifiesta en su forma más virulenta y desesperada allí precisamente donde se pretendía que había desaparecido, es decir, en los países que se llaman «socialistas». Los obreros polacos pelean por derechos que los trabajadores de casi todo el mundo han conquistado desde hace un siglo. Al mismo tiempo el movimiento sindical de Polonia rebasa el marco de la lucha de clases; sin democracia, los obreros —sea en Checoslovaquia o en Argentina, en Chile o en Bulgaria— no pueden ni organizarse ni defenderse. Ahora bien, la democracia no se limita a un grupo o a una clase: la democracia es un régimen de libertades y deberes políticos para todos. Así, la lucha de los obreros por sus derechos de clase es la lucha de la nación entera por las libertades colectivas. Ésta es la segunda lección. La tercera lección: el pueblo polaco no se enfrenta únicamente al poder de la burocracia local sino a la dominación extranjera: el combate por la democracia es también el combate por la independencia nacional. Por último, los polacos defienden no sólo a la democracia y a la independencia de su país sino a la cultura nacional, que en su caso es inseparable de la tradición popular católica. Uno de los portentos de estos años fue ver cómo los huelguistas que montaban la guardia a las puertas de la fábrica Lenin enarbolaban un estandarte con un retrato del Papa. Cuarta lección: la nación no sólo es un concepto político sino cultural. Una nación es una lengua, unas creencias, una historia y una cultura. La lucha de los polacos puede resumirse, como la de todos los pueblos, en una frase: luchan por el derecho a ser lo que son.

El primer gran conflicto entre el régimen bolchevique y la clase obrera coincide casi con el nacimiento del Estado burocrático. En 1917 los bolcheviques toman el poder en Rusia. En 1918 se funda la Cheka, la policía política y ese mismo año comienza la supresión de las libertades fundamentales. En 1920 se somete a los sindicatos obreros. En 1921 se disuelve el movimiento llamado Oposición Obrera y se aplasta con cañones y ametralladoras a los marineros de Cronstadt. ¿Qué querían esos marineros? Cito algunas de sus peticiones:

1) En virtud de que los sindicatos actuales no expresan la voluntad de los obreros y los campesinos, pedimos que se realicen inmediatamente elecciones en los sindicatos, mediante voto secreto y con libertad de propaganda.
2) Exigimos libertad de palabra y de prensa para los obreros y los campesinos, los anarquistas y los partidos de izquierda.
3) Libertad de reunión y de organización sindical.
4) Liberación de los prisioneros políticos de los partidos socialistas.
5) Elección de una comisión que revise los casos de todos los detenidos en las prisiones y en los campos de concentración.

Las peticiones de los marinos rusos en 1921 no eran muy distintas a las de los obreros polacos en 1980. ¿Por qué son subversivas estas peticiones? En los países «socialistas» los gobiernos no han sido elegidos por el voto secreto y libre del pueblo. Su legitimidad reside en la ficción de la llamada «dictadura del proletariado»: esos gobiernos ejercen el poder como «representantes» del proletariado. De ahí que toda huelga adquiera inmediatamente una coloración subversiva, pues pone en entredicho la legitimidad del régimen al mostrar que la fórmula de la «dictadura del proletariado» no es sino un grosero sofisma: el sindicalismo libre arranca la careta a la burocracia. He llamado *grosero* a ese sofisma a pesar de que —gran escándalo moral e intelectual de nuestro siglo— para varias generaciones de intelectuales de Occidente y de América Latina, Asia y África, esa superchería ha sido vista como la verdad misma.

Hungría 1956, Checoslovaquia 1968, Polonia 1981: con cierta regularidad los estallidos populares conmueven al régimen de dominación burocrática. En todos los casos, más allá de las naturales diferencias, son visibles dos notas comunes. La primera: son revueltas contra un sistema que ha usurpado el nombre del socialismo; la segunda: son revueltas contra un régimen impuesto por una potencia extranjera por medio de la fuerza. Son sublevaciones democráticas y son resurrecciones nacionales. Una y otra vez los países que viven fuera del sistema imperial ruso, sobre todo las ricas y poderosas naciones de Occidente, han condenado a las represiones que han sucedido a los levantamientos populares. Una y otra vez, cada vez con menos convicción, los países de Occidente han enarbolado el espantajo de las sanciones. Una y otra vez, lo han abandonado al poco tiempo y han continuado sus negocios con los tiranos. En esta ocasión los gobiernos europeos se han negado a imponer sanciones al principal responsable del crimen: el gobierno soviético. Por su parte, los norteamericanos le siguen vendiendo trigo. Las naciones ricas de Occidente están corrompidas por el hedonismo y el culto al dinero; durante años se han encogido de hombros ante la suerte de millones en los países pobres y subdesarrollados; hoy están envenenadas por un egoísmo suicida que se disfraza de pacifismo. ¿No hay salida? Sería irreal y falso afirmarlo. El ciclo de las revueltas en el imperio ruso no se ha cerrado. El movimiento de los obreros aplastado en 1981 ha sido un capítulo —aunque central— en la historia de los combates de los pueblos contra la dominación burocrática. Polacos, checos, húngaros, rumanos, búlgaros, cubanos, vietnamitas, camboyanos, afganos y las distintas naciones dentro del imperio: ucranianos, lituanos, tártaros y tantos otros, sin olvidar a los rusos mismos... La lista es larga. También lo es la historia: tiene el tamaño del tiempo.

ÍNDICE

Impreso en el mes de septiembre de 1998
en HUROPE, S. L.
Lima, 3 bis
08030 Barcelona